Tote Mädchen lügen nicht

In Einfacher Sprache

Spaß am Lesen Verlag
www.einfachebuecher.de

Text Originalfassung: Jay Asher
Aus dem Englischen von: Knut Krüger
Bearbeitung in Einfacher Sprache: Judith Kutzner

ISBN 978-3-910531-21-5

Jay Asher

Tote Mädchen lügen nicht

In Einfacher Sprache

Dieses Buch enthält Beschreibungen von Gedanken an Selbstmord, Selbstmord, sexueller Gewalt und Vergewaltigung. Sollten Sie damit Probleme haben, raten wir davon ab, dieses Buch zu lesen.

Informationen zu Hilfsangeboten finden Sie auf Seite 111.

Schwierige Wörter oder Ausdrücke sind unterstrichen. Die Erklärungen stehen in der Wörterliste am Ende des Buches.

Inhalt

Personenliste | 7

Das Paket | 9
Kassette ohne Ziffer: Hannah Baker | 10
Der Schreck | 12
Kassette 1: Justin Foley | 14
Erinnerungen | 17
Kassette 2: Alex Standall | 20
Der Abend | 23
Kassette 3: Jessica Davis | 25
Ein Verdacht | 28
Kassette 4: Tyler Down | 30
Im Café | 34
Kassette 5: Courtney Crimsen | 36
Unterwegs | 41
Kassette 6: Marcus Cooley | 44
An einem sicheren Ort | 51
Kassette 7: Zach Dempsey | 55
Im ***Rosie's*** | *60*
Kassette 8: Ryan Shaver | 62
Die Überraschung | 65
Kassette 9: Clay Jensen | 68
Fahrt durch die Nacht | 73
Kassette 10: Justin, ich und … | 75
Tony | 79
Kassette 11: Jenny Kurtz | 85
Wieder allein | 90
Kassette 12: Bryce Walker | 92
Endstation | 96
Kassette 13: Mr. Porter | 98
Das Ende – und ein neuer Anfang | 104

Wörterliste | 107

Hilfe bei Problemen | 111

Personenliste

Hannah Baker
Die Erzählerin. Sie begeht mit 17 Jahren Selbstmord.

Clay Jensen
Er nimmt sich Hannahs Geschichte sehr zu Herzen.

Justin Foley
Er hat falsche Gerüchte über Hannah verbreitet.

Alex Standall
Er schreibt eine Bewertungsliste über die Mädchen.

Jessica Davis
Sie glaubt den Gerüchten über Hannah.

Tyler Down
Er macht heimlich Fotos von Hannah.

Courtney Crimsen
Sie spielt das nette Mädchen gegenüber Hannah.

Marcus Cooley
Er fasst Hannah gegen ihren Willen an.

Zach Dempsey
Er beklaut Hannah.

Ryan Shaver
Er klaut ein Gedicht von Hannah und druckt es in der Schülerzeitung ab.

Tony
Er wird unfreiwillig zu Hannahs Helfer, weil er ihr ein Aufnahmegerät für die Kassetten schenkt. Sie schickt ihm auch die Kopien von den Kassetten.

Jenny Kurtz
Sie fährt nach einer Party ein Stoppschild um. Hannah versucht vergeblich, sie an der Weiterfahrt zu hindern.

Bryce Walker
Er ist dafür bekannt, dass er sich von Mädchen nimmt, was er will. Hannah wird mehrere Male von ihm belästigt.

Mr. Porter
Englischlehrer von Hannah und Vertrauenslehrer an der Schule. Hannah erzählt ihm über ihre Probleme.

Das Paket

Ein Tag im Herbst, es ist drei Uhr nachmittags. Clay kommt gerade von der Schule nach Hause. Vor der Haustür liegt ein Paket. Es ist in braunes Papier eingewickelt. Sein Name steht drauf: *Clay Jensen*. Also nimmt Clay das Paket mit in die Küche. Neugierig schneidet er das Papier auf.

Ein Schuhkarton kommt zum Vorschein. Darin liegen sieben eingewickelte Kassetten. Was soll das denn? denkt Clay. Wer hört heute noch Musik auf Kassetten? Soll das ein dummer Scherz sein?

Clay sieht sich die Kassetten genauer an. Auf jede Seite ist eine Zahl gemalt. Zahlen von 1 bis 13. Nur die letzte Seite hat keine Zahl. Clay schaut sich noch einmal die Verpackung an. Kein Absender. Merkwürdig!

Clay überlegt, wo er die Kassetten abspielen kann. Da fällt ihm die Garage ein. Sein Vater hat da so ein altes Gerät stehen. Clay nimmt den Karton mit den Kassetten mit in die Garage. Er steckt die erste Kassette ein und drückt auf „PLAY“.

Kassette ohne Ziffer: Hannah Baker

Hallo zusammen! Hier spricht Hannah Baker. Ihr seid überrascht? Das kann ich mir denken. Denn ihr hört jetzt die Stimme einer Toten.

Und das ist genau der Grund, warum ihr sie hört. Ich werde euch von meinem Leben erzählen. Oder besser gesagt: warum mein Leben schon zu Ende ist. Jeder Empfänger von diesem hübschen Paket ist ein Grund dafür. 13 Gründe, warum ich nicht mehr lebe.

Aber bevor es losgeht, habe ich zwei Regeln für euch. Regel Nr. 1: Ihr müsst euch alle Kassetten anhören. Regel Nr. 2: Ihr müsst dieses Paket weiterschicken. Und zwar an die Person, die nach euch selbst auf den Kassetten erwähnt wird. Wenn ihr euch nicht an diese Regeln haltet, wird es nämlich ungemütlich für euch.

Es gibt Kopien von allen Kassetten. Und die werden dann öffentlich gemacht. Ich bin mir sicher, das will keiner von euch. Außerdem werdet ihr beobachtet! Nicht von mir natürlich. Obwohl ... wer weiß schon, wie das so ist mit dem Tod. Vielleicht stehe ich gerade hinter euch und schaue euch über die Schulter. Haha, kleiner Scherz!

Ach so, noch was: Vor ein paar Wochen habe ich euch allen einen Stadtplan geschickt. Auf diesem Plan habe ich bestimmte Orte markiert. Orte, die etwas mit meiner Geschichte zu tun haben. Ihr müsst diese Orte nicht besuchen. Vielleicht hilft euch dieser Plan aber auch. Damit ihr alles genau versteht, was ich euch erzählen werde.

Und jetzt geht es los mit Kassette Nummer eins.

Der Schreck

Clay hat sich gerade die ersten Sätze von Hannah angehört. Da steht plötzlich seine Mutter hinter ihm. Clay drückt hastig auf die Stopp-Taste.

„Mensch, hast du mich erschreckt!“, sagt er mit zittriger Stimme.
Seine Mutter entschuldigt sich. „Tut mir leid. Das wollte ich nicht. Was hörst du denn da?“

Clay murmelt etwas von einem Schulprojekt. „Ich helfe nur einem Freund. Irgendetwas Langweiliges über Geschichte.“
Seine Mutter nimmt ein Maßband vom Regal. „Das ist ja nett von dir. Dann will ich dich auch nicht weiter stören.“
Sie gibt ihm einen liebevollen Kuss auf die Stirn.

Clay atmet aus, als die Tür hinter seiner Mutter zufällt. Erst jetzt bemerkt er seine innere Anspannung. Er starrt die Kassetten in dem Schuhkarton an. So etwas Furchtbares hat er nicht erwartet. Am liebsten würde er gar nicht weiterhören.

Aber er hat diese Kassetten zugeschickt bekommen. Und auch den Stadtplan hat er neulich bekommen. Das hat doch etwas zu bedeuten!

In Clays Kopf wirbeln die Gedanken durcheinander. Was hat er Hannah denn getan? Er kannte sie doch kaum. Im Sommer haben sie beide zusammen im Kino gejobbt. Und einmal haben sie auf einer Party zusammen geknutscht.

Clay fand Hannah eigentlich immer sehr nett. Er hat sich bloß nicht getraut, ihr das zu zeigen. Aber er hat ihr nichts Böses getan.

Warum ist er auf dieser Liste? Es gibt wohl keinen anderen Ausweg: Er muss sich die Kassetten weiter anhören.

Clay drückt auf „PLAY".

Kassette 1: Justin Foley

Hallo Justin, mein Lieber!
Du bist der Erste, der diese Kassetten bekommt. Wenn du dir alles angehört hast, dann weißt du auch, warum.

Ich bin mit meinen Eltern vor zwei Jahren in diese Stadt gezogen. Im Haus neben uns wohnte Kat. Sie war auf derselben Schule wie du, Justin. Kat und ich haben uns angefreundet. Es waren gerade Sommerferien und wir hatten viel Zeit. Leider ist sie dann kurz vor dem Schulbeginn weggezogen.

Kat hat mir von dir erzählt, Justin. Du warst im letzten Schuljahr in sie verknallt. Du bist ständig hinter ihr hergelaufen. Und auf der Abschlussparty habt ihr euch geküsst!

Ich war neugierig, wie du aussiehst. Kat hat sich mit dir verabredet, aber meine Adresse angegeben. Sie wollte nicht, dass du ihre richtige Adresse weißt. Kat und ich saßen also an meinem Fenster und haben gewartet.

Am späten Nachmittag bist du mit einem Freund vor unserem Haus aufgetaucht. Ihr habt zum Fenster hochgeguckt. Pech für euch – der Rasen war nass.

Ihr seid ausgerutscht und hingefallen. Das war euch bestimmt peinlich. Ihr seid nämlich schnell weggerannt. Kat und ich haben uns totgelacht.

Aber jetzt hatte ich dich gesehen. Und du hast mir gefallen. Als dann die Schule angefangen hat, habe ich mich oft in deiner Nähe aufgehalten. Auf dem Flur sind wir uns immer wieder über den Weg gelaufen. Ich habe angefangen, dich zu grüßen. Dann hast du mich auch gegrüßt. Irgendwann hast du nach meiner Telefonnummer gefragt. Du warst tatsächlich der Erste, dem ich sie gegeben habe. Und du hast noch am selben Tag angerufen. Wir haben am Telefon rumgeblödelt und uns dann verabredet. Wir wollten uns abends auf einem Spielplatz treffen. Ich war so aufgeregt!

In der letzten Zeit hatte ich oft von dir geträumt, Justin. Und jetzt sollten diese Träume Wirklichkeit werden. Ich war als Erste auf dem Spielplatz und bin auf die Rutsche geklettert. In meinem Traum bin ich dir in die Arme gerutscht. Und genau so war es dann auch, als du endlich da warst. Wir haben uns ganz vorsichtig geküsst. Ich fand den Kuss sehr schön.

Du hast meine Hand genommen und bist mit mir zu den Schaukeln gegangen. Wir sind eine Weile dort gesessen und haben uns auch noch mal geküsst.

Dann sind wir nach Hause gegangen – jeder für sich allein.

Tja, tut mir leid für alle, die mehr erwartet haben! Aber das ist die Wahrheit! Trotzdem hast du damals in der Schule andere Geschichten erzählt, Justin. Warum, weiß ich nicht.

Vielleicht wolltest du, dass dich die anderen für einen tollen Typen halten. Ich war ja die Neue. Keiner kannte mich, keiner wusste etwas von mir. Es wäre ja möglich gewesen, dass ich so eine Art von Mädchen bin, die sich gleich beim ersten Treffen anfassen lässt.

Aber das ist nicht passiert! Wir hatten einen wunderbaren Moment zusammen, Justin. Unsere Küsse waren wirklich schön. Warum hast du das mit deinen Lügen kaputt gemacht? Mit deinem Verrat an mir hat alles angefangen, Justin. Denn die anderen glaubten dir. Und hatten dann eine schlechte Meinung von mir. Ganz ohne Grund. Aber das wussten sie ja nicht.

Erinnerungen

Clay hört Hannahs Stimme zu, wie sie von Justin erzählt. Er erinnert sich an die Abschiedsparty von Kat vor dem Umzug. Da hat er Hannah das erste Mal gesehen. Hannah – die Neue in der Stadt und so hübsch!

Clay ist sonst eher schüchtern mit Mädchen. Aber mit Hannah hat er sich auf der Party unterhalten. Irgendwie war das mit ihr kein Problem. Clay hatte sich deshalb vorgenommen, öfter mit ihr zu reden. Bis diese Gerüchte über Hannah anfingen.

Justin und seine Freunde standen damals oft auf dem Schulhof zusammen. Wenn Hannah an der Gruppe vorbeiging, hörten sie mit dem Reden auf. Danach lachten sich die Jungs jedes Mal halbtot. Justin fing an, diese Geschichte vom Spielplatz herumzuerzählen.

Er hätte die Neue, Hannah, gleich beim ersten Treffen anfassen dürfen. Er hätte alles machen dürfen, was er wollte. Justin war ziemlich beliebt bei den Mädchen. Alle hatten ihm geglaubt.

Clay war damals unsicher geworden. Vielleicht war Hannah doch ein ganz anderer Mensch.

Anders, als er gedacht hatte. Vielleicht hatte sie viel Erfahrung mit Jungs und würde ihn langweilig finden. Clay traute sich erst mal nicht mehr, mit Hannah zu reden.

Jetzt hört er, wie Hannah ihre Seite der Geschichte erzählt. Das macht ihm Kopfschmerzen. Ihm wird richtig übel. Er muss hier raus! Aber wo soll er ein anderes Abspielgerät herbekommen? Wer hört heutzutage noch Kassetten?

Da fällt ihm Tony ein. Ein Schulkamerad mit eigenem Auto, in dem er Musik noch auf Kassetten hört. Vielleicht hat Tony auch noch einen Walkman.
Clay sagt seiner Mutter, dass er noch weggeht.
„Ich stell dir was vom Abendessen in den Kühlschrank, okay?", bietet seine Mutter an.
Clay bedankt sich, schnappt sich einige von den Kassetten und macht sich auf den Weg zu Tony.

Tony und sein Vater stehen vor dem Haus und basteln am Auto rum. Clay sieht ihnen eine Weile zu. Tonys Vater bittet ihn dann, den Motor anzulassen. Also setzt Clay sich ins Auto. Dort entdeckt er einen Walkman auf dem Boden.

Als die beiden draußen abgelenkt sind, stopft er den Walkman schnell in seinen Rucksack. Clay hat ein schlechtes Gewissen dabei. Er hat das Gefühl, dass Tony ihn irgendwie beobachtet. Weiß Tony etwas von den Kassetten? Hat er ihm vielleicht das Paket geschickt?

Clay verabschiedet sich schnell von Tony und läuft in die nächste Straße. Dort setzt er sich auf den Bürgersteig und legt die Kassette ein.

Clay drückt auf „PLAY“.

Kassette 2: Alex Standall

Hallo Alex, mit dir geht es weiter!
Du wunderst dich vielleicht, dass du hier genannt wirst. Du denkst jetzt sicher: Was soll ich denn gemacht haben? Also hör zu, dann erfährst du es.

Du warst auch neu an der Schule, Alex. Und wie das so ist als Neuer: Man muss sich erst mal zurechtfinden.

Am Anfang vom Schuljahr waren du, ich und eine dritte Person oft zusammen. (Von dieser dritten Person hört ihr später noch). Wir waren die „Neuen". Wir haben uns gegenseitig geholfen. Dann aber bist du deinen eigenen Weg gegangen, Alex.

Du hast die Geschichten gehört, die Justin über mich erzählt hat. Da ist dir die Idee mit der Liste eingefallen:
Erster Jahrgang – wer ist heiß und wer nicht?
Natürlich ging es dabei um uns Mädchen. Wir sollten auf deiner Liste bewertet werden. So ein typisches Jungs-Ding eben.

Ich habe diese Liste nur zufällig gesehen.
Mein Name stand in der Zeile *Geilster Arsch*.
Wahrscheinlich sollte das eine besondere

Auszeichnung für mich sein. Ich glaube aber, du hattest einen anderen Grund. Du wolltest ein anderes Mädchen damit ärgern. Ihr Name stand nämlich in der Zeile *Hässlichster Arsch*!

Weißt du, Alex, eigentlich war mir diese Liste egal. Leider hatte der Eintrag als „geiler Arsch" aber unangenehme Folgen für mich. Ich bin damals oft in einen kleinen Laden gegangen, um Schokoriegel zu kaufen. Und an einem dieser Tage kam noch jemand in den Laden, als ich gerade da war. Ich stand an der Kasse und konnte die Person nicht sehen. Ich hörte nur, wie arrogant diese Person den Verkäufer begrüßte. An der Stimme erkannte ich einen Typen aus unserer Schule.

Dann sah der Typ mich und sagte:
„Oh, Hannah, dich habe ich ja gar nicht gesehen."
Ich habe ihm nur kurz zugelächelt und meinen Geldbeutel eingepackt. Plötzlich hat der Typ mir seine Hand auf den Hintern geklatscht. Er hat gelacht und zum Verkäufer gesagt:
„Das hier ist der geilste Arsch vom ersten Jahrgang!"

Ich habe seine Hand weggeschlagen. Dann wollte ich aus dem Laden gehen. Der Typ ist mir aber hinterhergekommen. Er hat mich am Arm gepackt und festgehalten. Ich wollte mich losmachen,

weil ich seinen wütenden Blick gesehen habe. Auf einmal hat er gelacht und mir seine Hand auf die Schulter gelegt.
„Hey, Hannah, war doch bloß ein Scherz. Bleib cool!“

Ein Scherz – das habe ich über deine Liste zuerst auch gedacht, Alex. Aber du hast es ja gerade gehört. Dieser Typ dachte, er könnte mich einfach anfassen. Und als ich mich gewehrt habe, ist er wütend geworden.

Ich gebe dir mal einen guten Tipp, Alex: Wenn ihr Typen ein Mädchen anfasst und sie schlägt eure Hand weg, dann heißt das: Pfoten weg, lass mich in Ruhe!

Deine Liste hat einzelne Körperteile von uns Mädchen bewertet. Der Typ im Laden hat deshalb wohl gedacht, mein Arsch gehört allen. Du hast nicht über solche Folgen nachgedacht, als du die Liste geschrieben hast. Aber du trägst trotzdem die Verantwortung dafür, Alex.

Und jetzt ist die Person dran, die du mit dieser Liste ärgern wolltest.

Der Abend

Clay hört sich den ersten Teil der Kassette im Sitzen an. Diese dumme Liste!

Clay weiß noch genau, wie das damals war. Er hat Hannah auf dem Flur nachgeschaut und gedacht: Stimmt, ihr Name steht an der richtigen Stelle auf der Liste.

Clay hat sich auch gewundert, was für einen Ruf die Neue schon hatte. Jetzt weiß er, dass Hannahs „Ruf" nur durch Justins Lügen entstanden ist.

Obwohl das alles mittlerweile zwei Jahre her ist, schämt sich Clay jetzt für seine Gedanken. Er steht auf und wandert durch die nächsten Straßen. Die Kassette läuft weiter.

Clay kommt an dem Haus vorbei, in dem Hannah früher gewohnt hat. Er stellt sich vor, wie Justin und sein Freund hier auf dem Gras ausgerutscht sind. Aber was wäre gewesen, wenn die beiden Jungs einfach an der Tür geklingelt hätten? Oder wenn Hannah sich in den anderen Jungen verliebt hätte?

Dann wäre die ganze Geschichte anders gelaufen. Vielleicht wäre Hannah noch am Leben!

Der Laden taucht vor Clay auf. Der Laden, von dem er gerade auf der Kassette gehört hat. Clay geht rein, kauft sich ein Getränk und einen Schokoriegel.

Vor dem Laden setzt er sich wieder auf den Bürgersteig. Warum tut er das hier? Warum folgt er dem Stadtplan, auf dem Hannah die für ihre Geschichten wichtigen Stellen farbig markiert hat? Warum kauft er Schokoriegel, die er gar nicht mag? Nur, weil Hannah das auch gemacht hat?

Clay muss noch einmal an diese Liste denken. Er hat sich damals auch in ein Mädchen verknallt. Und zwar nur deshalb, weil ihr Name in der Zeile *Beste Lippen* stand. Sonst wäre ihm das vielleicht gar nicht aufgefallen.

Er hat später auf einer Party mit dem Mädchen rumgeknutscht. Nur wegen dieser blöden Liste!

Clay wird schlecht, wenn er jetzt daran denkt. Langsam fängt er an, Hannah zu verstehen. Obwohl er immer noch nicht weiß, was er mit der ganzen Sache zu tun hat.

Clay wechselt die Kassette und drückt auf „PLAY".

Kassette 3: Jessica Davis

Hallo Jessica, meine Süße!
Unsere gemeinsame Geschichte fängt auch in den Sommerferien an. Du warst genau wie ich eine neue Schülerin. Wir haben damals beide eine Einladung von Miss Antilly bekommen.

Sie war die Vertrauenslehrerin an unserer Schule für unseren Jahrgang. Leider hat sie später die Schule gewechselt. Für mich persönlich wäre es besser gewesen, wenn sie geblieben wäre. Aber davon erzähle ich später noch.

Aber zurück zu dir, Jessica. Wir dachten beide, dass es bei der Einladung um Informationen zum Schulalltag gehen würde. Aber da lagen wir beide falsch. Miss Antilly wollte einfach zwei neue Schülerinnen zusammenbringen. Sie hielt das für eine gute Idee. Wir waren davon ja erst nicht so begeistert. Trotzdem haben wir zusammen geredet und gemeinsam gelacht. Danke dafür, Miss Antilly!

Wir sind später sogar in ein Café gegangen und haben uns noch weiter unterhalten. Erinnerst du dich, Jessica? Irgendwann hast du mich gefragt: „Hey, siehst du den Typen da? Der guckt dich die ganze Zeit an."

„Nein, der guckt dich an“, habe ich geantwortet. Der Typ war mir nämlich auch schon aufgefallen.

Du bist dann einfach zu ihm hingegangen und hast ihn direkt gefragt:
„Wen guckst du eigentlich die ganze Zeit an? Und lüg bloß nicht!“
Der Junge ist rot geworden.
„Also, ich habe nur so ... Ich bin neu hier“, hat er gestottert. Dieser Junge war natürlich Alex Standall.

Jetzt waren wir schon drei neue Schüler, die sich kannten. Keiner von uns musste in der Pause allein rumstehen. Wenn es Probleme gab, haben wir uns im Café getroffen. Dann hat einer erzählt und die anderen haben zugehört. Wir sind nie wirklich Freunde geworden. Aber der Neuanfang an der Schule war für jeden von uns einfacher.

Alex hat unsere Gruppe als Erster verlassen. In der Schule haben wir uns nur noch gegrüßt, mehr nicht. Auch wir beide hatten uns bald nichts mehr zu sagen, Jessica. Ich war noch öfter in dem Café, aber von euch beiden ist keiner mehr gekommen.

Bis zu dem Tag, an dem du mit mir sprechen wolltest, Jessica. Du hast irgendwie traurig gewirkt.

Du hast diese dumme Liste auf den Tisch gelegt.
Ich wusste genau, in welcher Zeile dein Name steht:
Hässlichster Arsch vom ersten Jahrgang.

Ich habe versucht, dich zu beruhigen.
„Jessica, du weißt doch, dass Alex dich damit nur ärgern wollte. Deshalb hat er meinen Namen ja auch bei *Geilster Arsch* hingeschrieben."
Ich habe dir gesagt, dass ich außerhalb der Schule nichts mit Alex zu tun habe.

Aber egal, was ich gesagt habe – du hast mir nicht geglaubt. Du hast alle diese Geschichten über mich gehört, diese Gerüchte. Du wolltest nicht darüber nachdenken, warum Alex sich so blöd verhalten hat. Nein, du hast es dir ganz einfach gemacht. Ich war jetzt die böse Hannah, die mit allen Jungs rummacht. Die nette Hannah von unserer Zeit im Café hast du vergessen.

Dann bist du plötzlich aufgestanden und hast mir ins Gesicht geschlagen. Na ja, halb geschlagen und halb gekratzt. Hat jemand von euch diese kleine Narbe über meiner Augenbraue gesehen? Hat jemand von euch irgendeine von den Narben gesehen, die ihr mir zugefügt habt? Wahrscheinlich nicht. Die meisten Narben waren auf meiner Seele, also unsichtbar.

Ein Verdacht

Clay erinnert sich noch an Miss Antilly. Als sie die Schule verlassen hat, ist Mr. Porter der neue Vertrauenslehrer geworden. Eigentlich sollte das nur vorübergehend sein. Aber Mr. Porter ist immer noch Vertrauenslehrer. Außerdem unterrichtet er Englisch.

Clay hat plötzlich ein komisches Gefühl im Bauch. Was hat Hannah mit diesem Satz gemeint:
Für mich persönlich wäre es besser gewesen, wenn sie geblieben wäre? Hat Mr. Porter auch irgendetwas mit Hannahs Geschichte zu tun?

Clay denkt zurück an den Tag, an dem Hannah nicht zur Schule gekommen ist. Mr. Porter war an diesem Tag sehr nervös. Er hat in der Klasse nachgefragt, warum alle über Hannah reden. Eine Schülerin hat damals leise gesagt:
„Da stand ein Krankenwagen vor ihrer Tür."

Mr. Porter hat erst schweigend auf Hannahs Tisch gestarrt. Dann ist er aus der Klasse gegangen, ohne ein Wort zu sagen. Er ist nicht zurückgekommen. Er ist sogar eine Woche lang nicht zum Unterricht gekommen. Wusste Mr. Porter etwas über Hannah, das sonst keiner wusste?

In Clays Kopf dreht sich alles. Was wird er auf diesen Kassetten noch alles zu hören bekommen? Vor ihm hält gerade ein Stadtbus. Clay steigt ein, ohne nachzudenken. Draußen ist es schon ziemlich kalt und dunkel.

Der Bus ist fast leer. Clay setzt sich in eine Ecke, weit weg von den anderen Fahrgästen. Er lehnt seinen Kopf an die kalte Scheibe und hört weiter Hannahs Stimme zu.

Kassette 4: Tyler Down

Die nächste Geschichte ist etwas unheimlicher als die anderen. Bisher habe ich von Lügnern und Dummköpfen erzählt. Aber du, Tyler, hattest eine richtig gruselige Idee.

Ich stehe übrigens gerade vor deinem Fenster. Es ist dunkel draußen. Ich verstecke mich hinter einem großen Busch. Niemand kann mich sehen.

Die Jalousie an deinem Fenster ist nicht ganz geschlossen. Ich kann durch einen Spalt in dein Zimmer gucken. Ich warte, dass du reinkommst und das Licht anmachst.

Warum ich das tue? Ich möchte wissen, wie sich das anfühlt. Wenn man jemanden heimlich in seinem Zimmer beobachtet. So wie du es getan hast, Tyler.

Ich weiß nicht, wie lange du mich damals beobachtet hast. Oder woher du wusstest, dass meine Eltern verreist waren. Wahrscheinlich hast du dir gedacht, dass die Gelegenheit jetzt günstig ist. Du wolltest mal etwas anderes fotografieren als langweilige Sachen für die Fotogruppe in der Schule. Hast du gehofft, dass du aufregende Fotos von mir machen kannst?

Natürlich könnte man jetzt sagen, dass ich selbst schuld bin. Ich lasse meine Jalousie gerne ein wenig offen. Ich liebe es nämlich, im Bett zu liegen und den Himmel anzuschauen. Mein Fenster ist auch meistens gekippt, weil ich frische Luft mag. Habe ich es dir zu leicht gemacht, Tyler?

Du hast mir auf jeden Fall einen ziemlichen Schrecken eingejagt. Ich stehe abends in meinem Zimmer und höre plötzlich so ein „Klick".
Kameras machen so ein Geräusch, wenn man fotografiert. Ich konnte erst nicht glauben, dass da jemand vor meinem Fenster steht. Und Fotos von mir macht. Ich war allein im Haus und wusste nicht, was ich tun sollte.

Sollte ich die Polizei rufen? Vielleicht war die Person da draußen gefährlich? Ich habe mich nicht getraut, etwas zu unternehmen. Das war vielleicht dumm, aber so war es eben.

Am nächsten Tag habe ich einer Mitschülerin davon erzählt. Sie ist als gute Zuhörerin bekannt. Ich musste einfach mit jemandem über die Sache reden. Sie hat mir zugehört und dann etwas Seltsames gesagt:
„Ist das nicht auch irgendwie sexy, von einem Spanner beobachtet zu werden?"

Das fand ich natürlich überhaupt nicht. Trotzdem habe ich sie gefragt, ob sie mit mir nach Hause kommen würde. Vielleicht könnten wir den Spanner gemeinsam erwischen. Sie war sofort begeistert.

Als es dunkel wurde, haben wir auf meinem Bett gesessen und geredet. Plötzlich war wieder dieses „Klick" zu hören. Meine Mitschülerin konnte es kaum glauben.

Wir haben dann ein bisschen Theater für dich gespielt, Tyler. Ich habe ihr den Rücken massiert. Sie hat in meiner Schublade gewühlt und laut gesagt: „Also, Hannah, was hast du denn da versteckt?" Dann haben wir beide wie verrückt gekichert.

Wir wollten dich damit natürlich auch ablenken. Ich bin in der Zwischenzeit vorsichtig zum Fenster geschlichen. Ich wollte die Jalousie schnell hochziehen und rausgucken. Du warst leider schneller, Tyler. Du hast dich weggedreht und bist weggerannt. Ich hatte trotzdem einen Verdacht.

Am nächsten Tag habe ich in der Schule viele Leute gefragt: „Wo wart ihr denn gestern Abend?"
Die meisten haben mir normale Antworten gegeben: im Kino, bei Freunden, zu Hause.

Und was hast du gesagt, Tyler?
„Ich? Äh, nirgends …"

Du hast bei deiner Antwort geschwitzt und nervös mit den Augen gezwinkert. Dadurch hast du dich verraten, Tyler. Du bist danach auch nicht mehr wiedergekommen.

Du brauchst übrigens keine Angst zu haben, Tyler. Ich habe nur kurz vor deinem Fenster gestanden. Ich habe dir zugesehen, wie du deine Schuhe ausgezogen hast. Ich hatte auch kein aufregendes Gefühl dabei. Dann bin ich weggegangen.

Weißt du, Tyler, ich habe mich in meinem Zimmer immer sicher gefühlt. Diese Sicherheit hast du mir mit deiner Aktion weggenommen. Wenn du diese Kassette gehört hast, solltest du mal überlegen: Wie wichtig ist dir dein privater Bereich?

Ich finde ja, dass jeder Mensch ein Recht auf sein Privatleben hat. Warum hast du das also getan, Tyler? Was hat es dir wirklich gebracht?

Im Café

Als der Bus an einem Café vorbeifährt, steigt Clay aus. Es ist das Café, in dem sich Hannah immer mit Alex und Jessica getroffen hat. Auch das Café ist auf Hannahs Plan farbig markiert.

Clay geht hinein und bestellt sich Kaffee. Er unterhält sich kurz mit der Bedienung. Sie hatten in der Schule mal einen Kurs zusammen.
Das Mädchen sagt:
„Du warst der netteste Junge im Kurs. Das haben alle gesagt."
Clay nickt und denkt sich: Das bin ich also – der nette Clay.

Er sucht sich einen ruhigen Platz in dem vollen Café. Hannahs Stimme ist in seinem Ohr. Clay versucht sich vorzustellen, wie Tyler sich gefühlt hat. Diese Kassette muss eine böse Überraschung für ihn gewesen sein. Nicht nur, dass Hannah ihn erwischt hat. Sondern auch, dass jetzt so viele andere Leute von seinen heimlichen Fotos erfahren.

Clay sieht sich im Café um. Beobachtet ihn irgend jemand? Bestimmt verziehe ich dauernd mein Gesicht, denkt er. Als ob ich Schmerzen hätte oder so. Diese Geschichten sind ja auch nicht gerade lustig oder unterhaltsam. Aber die anderen Gäste kümmern sich gar nicht um ihn.

Wann bin ich endlich dran mit meiner Geschichte? Und was für eine Geschichte gibt es überhaupt über mich? Ich habe Hannah doch nichts getan.

Clay seufzt und holt sich noch einen Kaffee. Dann wechselt er die Kassette und drückt auf „PLAY“.

Kassette 5: Courtney Crimsen

Ein hübscher Name für ein hübsches Mädchen. Schöne Haare, perfekte Haut, ein nettes Lächeln. Das bist du, Courtney.

Du gibst dir viel Mühe, ein toller Mensch zu sein. Du lächelst immer im richtigen Moment. Du bist die gute Zuhörerin, wenn es nötig ist.

Auch mir hast du zugehört. Du hast mir sogar geholfen, den heimlichen Fotografen vor meinem Fenster zu vertreiben. Versteh mich nicht falsch, Courtney: Ich hasse dich nicht. Ich möchte nur, dass du über dein Verhalten nachdenkst.

Wir haben also zusammen den Spanner verjagt. Am nächsten Tag haben wir uns kurz in der Schule darüber unterhalten. Und dann bist du mir aus dem Weg gegangen. Wir haben kaum noch miteinander gesprochen. Mal ein kurzes Hallo – mehr nicht. Ich konnte dein Verhalten nicht verstehen. Ich habe gedacht, dass uns diese Geschichte mit dem Spanner irgendwie verbindet. Dass wir vielleicht Freundinnen werden könnten.

Die Wahrheit war: Du bist nur nett zu mir gewesen, damit ich dich nett finde.

Mir ist schon aufgefallen, dass du auch mit anderen Leuten so umgehst. Dein großes Ziel ist es, zur beliebtesten Schülerin des Jahres gewählt zu werden. Einen anderen Grund gibt es offenbar nicht für deine Freundlichkeit. Wahrscheinlich geht es anderen Mitschülern auch so wie mir. Du spielst uns allen nur etwas vor und benutzt uns.

Kannst du dich noch an diese Sache mit der Party erinnern? Du hast mich eines Tages in der Schule angesprochen:
„Hey, Hannah, kommst du heute Abend auch zu der Party?"

Ich war ziemlich überrascht. Seit Wochen hatten wir kaum miteinander geredet. Ich hatte eigentlich auch keine Lust, auf diese Party zu gehen. Du hast mich total nett angelächelt und gesagt:
„Ach, lass uns doch zusammen hingehen und Spaß haben."

Auf meine Frage nach deinem seltsamen Verhalten mir gegenüber hast du geantwortet:
„Da hast du was missverstanden, Hannah. Auf der Party können wir uns dann ja besser kennenlernen."

Leider hast du mir abends wieder dein wahres Gesicht gezeigt. Ich habe dich mit dem Auto

abgeholt. Kaum waren wir bei der Party angekommen, hast du zu mir gesagt:
„Hannah, ich muss mich jetzt mit ein paar Leuten unterhalten. Wir sehen uns später. Aber fahr nicht ohne mich weg, ja?“

Ich konnte es kaum glauben: Ich war nur deine Mitfahrgelegenheit, Courtney! Du hattest gar nicht vor, dich auf der Party mit mir zu unterhalten. Am liebsten wäre ich sofort wieder gegangen. Warum habe ich das bloß nicht getan?

Die Party war ein Albtraum. Zwei Jungs haben angefangen, sich böse zu prügeln. Die meisten anderen haben nur zugesehen oder die beiden sogar noch angefeuert. Mir ist beinahe schlecht geworden. Ich wollte nur noch weg.

Dann hat mich noch ein anderer Junge angesprochen. Sein Name spielt keine Rolle. Zuerst hat er behauptet, du hättest ihn zu mir geschickt, Courtney. Wir haben uns unterhalten und er hat zugegeben, dass das gar nicht stimmt. Er hatte nur gehört, wie du anderen Leute etwas über mich erzählt hast. Und da ist er neugierig geworden.

„Was hat Courtney denn über mich erzählt?“, habe ich ihn gefragt.

Er hat gegrinst und gesagt:
„Na, dass man mit dir viel Spaß haben kann. Sie hat erzählt, dass du lauter interessante Dinge in deiner Schublade liegen hast."

Ich spürte, wie mir die Tränen kamen.
„Glaubst du eigentlich jeden Quatsch, der dir erzählt wird?"
Meine Stimme hat gezittert und meine Hände auch.
Der Junge meinte, ich sollte mich nicht so aufregen.
Da bin ich einfach weggegangen.

Warum hast du diese gemeine Lüge erzählt, Courtney? Du wusstest ganz genau, das in meiner Schublade gar nichts Besonderes liegt. Wir haben doch nur Theater gespielt für den Spanner vor dem Fenster!

In diesem Moment habe ich Tyler mit seiner Kamera auf der Party gesehen. Da hatte ich eine Idee. Tyler war sehr nervös mir gegenüber. Er wusste ja nicht genau, ob ich ihn neulich vor meinem Fenster erkannt habe oder nicht. Ich habe ihn gebeten, ein Foto von uns beiden zu machen. Erst wolltest du nicht so richtig, Courtney. Ich habe dich gefragt:
„Warum denn nicht? Du wolltest doch mit mir auf diese Party gehen. Ich dachte, wir wollten heute Abend richtige Freundinnen werden."

Natürlich war das ein bisschen fies von mir. Ich wusste doch genau, dass du mich nur als Mitfahrgelegenheit benutzen wolltest. Aber dein ganzes Verhalten mir gegenüber war so gemein.

Ich habe absichtlich fett gegrinst, als Tyler fotografiert hat. Du hast nicht so toll auf dem Foto ausgesehen, Courtney. Und als ich dann Tschüss gesagt habe, konntest du es nicht glauben. Ich habe dich nämlich einfach stehenlassen und bin nach Hause gefahren. Es war mir ehrlich gesagt egal, wie du nach Hause kommst. Ich war so enttäuscht von dir, obwohl ich es hätte wissen müssen.

Unterwegs

Nach der Hälfte der Kassette drückt Clay auf die Stopp-Taste. Er holt den Stadtplan aus dem Rucksack. Tylers Haus und Courtneys Haus sind beide farbig markiert. Sie liegen dicht beieinander.

Clay starrt aus dem Fenster. Er fragt sich, warum er eigentlich Hannahs Plan folgt. Reicht es nicht aus, die Kassetten anzuhören? Die Antwort gibt er sich gleich selbst: Nein, ich will verstehen, was genau passiert ist. Und an welchen Orten es passiert ist. Warum hat Hannah ihr Leben beendet? Warum gab es keinen anderen Ausweg für sie?

Als ein Bus vor dem Café hält, läuft Clay raus. Er braucht Bewegung. Laut Fahrplan hält der Bus in der Nähe von den beiden Häusern. Also steigt Clay ein und fährt los.

In Courtneys Haus brennt kein Licht. Alles ist dunkel und still.

Bei Tyler dagegen brennt Licht im Zimmer. Die Jalousie ist unten. Trotzdem kann Clay erkennen, dass die Fensterscheibe kaputt ist. Jemand hat sie eingeworfen. Wer macht denn so was? Und wie hat Tyler das seinen Eltern erklärt?

Plötzlich hört Clay eine Stimme hinter sich.
„Hier, nimm den."
Clay dreht sich um. Ein Junge aus der Schule steht mit einem Stein in der Hand da. Er hält ihn Clay hin.
„Du fühlst dich besser danach. Glaub mir!", sagt er.

Clay kann es nicht fassen.
„Warst du das da?"
Er deutet auf das kaputte Fenster. Der Junge, Marcus, lächelt.
„Nee, das war Alex. Du bist der Dritte, der herkommt. Ich wohne da drüben. Ich beobachte das Haus hier schon eine Weile."

Clay spürt, wie Wut in ihm hochsteigt.
„Du bist also auch auf den Kassetten, ja? Trotzdem glaubst du, du bist ein besserer Mensch als Tyler?"

Clay muss sich beherrschen, dass er die Worte nicht laut schreit. Marcus starrt ihn kurz an.
„Tyler ist ein Spanner! Er hat Hannah durch ihr Fenster beobachtet. Warum sollen wir ihn jetzt hinter seinem Fenster in Ruhe lassen?"
Marcus macht eine Pause.
„Außerdem weiß ich nicht, warum ich auf diesen Kassetten bin. Ich habe Hannah gar nichts getan. Ich glaube, sie hat sich das alles nur ausgedacht. Sie suchte wohl einen Grund, um sich umzubringen."

Clay ist schockiert. Seine Stimme zittert vor Wut, als er sagt:
„Mach, dass du wegkommst! Du Schwein!“
Marcus deutet mit der Hand hinter sich.
„Ich wohne hier“, ist seine Antwort.

Clay drängt sich an ihm vorbei. Bloß weg hier! Sonst haut er dem Typen noch eins auf die Nase.

Ein Stück die Straße hinunter drückt er wieder auf „PLAY“. Hannahs Stimme erzählt die Geschichte von Courtney weiter.

Dann wechselt Clay die Kassette. „PLAY“.

Kassette 6: Marcus Cooley

Valentinstag – der Tag für Verliebte! Die Schule hatte sich etwas Besonderes ausgedacht: Einen Fragebogen für Traumpartner.

Im ersten Teil musste man sich selbst beschreiben. Im zweiten Teil sollte man seine Wünsche für den Traumpartner angeben. Alle Antworten wurden durch ein Computerprogramm geschickt. Das Programm hat die Angaben miteinander verglichen. Und zum Schluss konnte man erfahren, wer zu einem passte.

Für einen Dollar bekam man einen Namen samt Telefonnummer. Wenn man fünf Dollar bezahlte, bekam man fünf Namen. Das Geld war eine Spende für die Cheerleader-Gruppe.

Ich fand das Ganze ziemlich lustig. Ich habe den Fragebogen auch ganz schnell ausgefüllt. Die Sammelbox für die Fragebögen stand im Schulbüro. Leider saß da auch die sehr neugierige Miss Benson. Als ich meinen Fragebogen in die Box geworfen habe, sagte sie zu mir:
„Hallo, Hannah, ich wusste gar nicht, dass du mit Courtney befreundet bist."
Ich bin erst mal zusammengezuckt.

Wie kam sie darauf? Miss Benson hat mir dann erzählt, dass sie unser Foto im Büro der Schülerzeitung gesehen hat.
„Das ist ein sehr schönes Foto. Und es ist doch toll, wenn das in der Zeitung abgedruckt wird. So einen schönen Moment kann man dann mit allen teilen."

Ich wusste, welches Foto sie meinte. Tyler hat es auf dieser Party gemacht. Als ich Courtney gezwungen habe, sich mit mir fotografieren zu lassen. Das war alles andere als ein schöner Moment. Niemand hat eine Ahnung davon, was wir drei in dem Moment gedacht haben. Wahrscheinlich würde jeder etwas Falsches über dieses Foto denken.

Mir wurde plötzlich klar, dass niemand etwas über mein wahres Ich wusste. Da gab es diese Gerüchte über mich und diese Lügengeschichten. Das war, was die anderen über mich dachten. Wie würden die Jungs reagieren, die zu meinem Fragebogen passten? Würden sie es aufregend finden, sich mit mir zu verabreden?

Einen Moment lang überlegte ich, ob ich den Fragebogen wieder aus der Box holen soll. Dann dachte ich: Ach was. Wart doch erst mal ab. Das ist doch alles nur ein großer Spaß. Leider stellte sich heraus, dass dieser Gedanke ein großer Fehler war.

Am Tag der Auslosung bin ich in das Büro der Cheerleader gegangen. Die Cheerleaderin hinter dem Schreibtisch fragte mich, wie viel ich bezahlen wollte. Ich gab ihr fünf Dollar und sie druckte mir eine Liste mit fünf Namen aus. Wir haben uns kurz über die Jungs unterhalten, die darauf standen. Vor einem hat sie mich gewarnt, zwei fand sie auch ganz nett.

Da klingelte mein Handy. Eine Stimme, die ich nicht kannte, sagte:
„Hallo, Hannah, schön, dass ich dich erreiche."
Ich fragte ihn, wer er denn sei. Der Junge am Handy wollte mich erst raten lassen. Aber ich mag solche Spielchen nicht. Er sagte mir, dass mein Name auf Platz 1 seiner Liste stand.

Die Cheerleaderin und ich sahen uns an und grinsten. Sie deutete auf die Namen von meiner Liste, die ich nicht kannte. Ich fragte ihn, ob er einer der beiden Namen war. Er gab keine Antwort. Bevor ich wütend werden konnte, sah ich ihn allerdings. Er stand auf dem Flur und hielt seine Liste hoch. Trotzdem haben wir uns weiter übers Handy unterhalten.

Ich hatte eigentlich nicht vor, mich wirklich mit ihm zu verabreden. Aber die Cheerleaderin fand die

Situation auch so lustig wie ich. Ich wollte ihr eine kleine Show bieten. Darum habe ich den Jungen gefragt, ob wir uns treffen wollen. Er war erst total überrascht. Dann hat er sich mit mir bei *Rosie's* verabredet.

Die Cheerleaderin war begeistert und hat mich gebeten, ihr nachher alles zu erzählen. Aber ich habe ihr nichts davon erzählt. Im Gegenteil: Ich bin ihr lange aus dem Weg gegangen. Ich verrate euch schon mal, dass ihr sie später auf einer Kassette wiederfinden werdet.

Jetzt also zu dem Treffen bei *Rosie's* – mit Marcus Cooley! Ich hatte schon so viel über dieses Café gehört. Es war cool, es war angesagt, dort passierten die wichtigen Dinge im Leben. Aber niemand ging dort alleine hin. Deshalb habe ich es Marcus zu verdanken, dass ich endlich mal im *Rosie's* war.

Ich war pünktlich da und habe mich an die Bar gesetzt. Und gewartet. Nach 15 Minuten habe ich einen Milchshake bestellt und ihn langsam ausgetrunken. Die ganze Zeit fühlte ich mich von den anderen Leute beobachtet. Es war schließlich Valentinstag und ich saß ganz alleine da. Wie bestellt und nicht abgeholt.

Nach 30 Minuten war ich mit den Nerven fertig. Marcus hatte diese Verabredung also gar nicht ernst genommen. So hätte ich ihn nicht eingeschätzt. Als ich gerade gehen wollte, kam er plötzlich doch zur Tür herein. Er hat sich entschuldigt und sich mit mir in eine Nische gesetzt.

Marcus kann sehr witzig sein und wir haben viel gelacht. Bis er auf einmal seine Hand auf mein Knie gelegt hat. Ganz plötzlich war seine Hand ungefragt auf meinem Körper. Ich habe ihn gefragt, warum er das macht. Er fragte zurück, ob er weitermachen sollte. Er hat seinen Arm um meinen Rücken gelegt und mich näher zu sich gezogen.

Ich habe versucht, seine Finger von meinem Bein zu schieben. Ich wollte nicht laut schreien, noch nicht. Ich habe mich aber umgesehen, ob uns jemand beobachtet. Ob mir irgendjemand helfen würde. Die anderen Leute haben sich aber nicht um uns gekümmert.

Du wusstest, dass du nicht viel Zeit hast, Marcus. Du wolltest schnell zum Ziel kommen. Das war auch der einzige Grund, warum du dich mit mir verabredest hattest. Du wolltest in der Schule was zu erzählen haben. Auf meinen Widerstand hast du überhaupt nicht reagiert. Bis ich dich mit aller Kraft weggestoßen habe. Du bist aus der Nische heraus auf den Boden gefallen.

Normalerweise hätten die anderen Leute darüber lachen müssen. Das sah bestimmt komisch aus. Aber niemand hat gelacht, niemand hat reagiert. Du hast mich laut beschimpft und bist dann gegangen. Keiner von den anderen Leuten im *Rosie's* hat sich umgedreht. Keinen hat es interessiert, was da eben passiert war.

Soll ich euch mal das Gefühl beschreiben, das ich in dem Moment hatte? Ich komme an eine neue Schule und niemand interessiert sich für mich. Ich genieße meinen ersten Kuss und werde dafür mit Lügen bestraft. Ich vertraue zwei Menschen, die sich dann gegen mich wenden. Ich werde in einem scheinbar sicheren Raum von jemandem beobachtet. Und jetzt so was! Bloß wegen der Gerüchte und Lügen über mich glaubt wohl jeder, alles mit mir machen zu können! Je länger ich an dieser Schule war, desto schlimmer fühlte ich mich.

Und dann dachte ich: Hannah, sei nicht so empfindlich. Gib den Leuten eine Chance. Das habe ich ja getan, immer wieder. Und was dabei herauskommt, habt ihr gerade gehört.

Weißt du, was für Gedanken ich an dem Tag auch hatte, Marcus? Ich habe darüber nachgedacht, ob ich mein Leben noch kontrollieren konnte. Oder ob es vielleicht besser wäre, wenn ich einfach verschwinden würde.

Ich habe mir überlegt, wie ihr dann reagieren würdet.

An einem sicheren Ort

Nach der unangenehmen Begegnung mit Marcus fühlt Clay sich erschöpft. Bisher hat er geglaubt, dass er seine Mitschüler kennt. Diese Kassetten ändern jetzt alles für ihn. Seine Mitschüler kommen ihm wie Fremde vor. Er spürt eine große Wut in sich aufsteigen. Wut auf die anderen, Wut auf sich selbst, aber auch auf Hannah.

Warum hat sie das getan?
Jetzt muss er mit ihrem Tod klarkommen.
Und mit diesen Kassetten!

Clay hat sich kurz auf eine Bank gesetzt. Die Geschichte vom Valentinstag hat er unterbrochen. Er braucht eine Pause. Sein Handy klingelt. Seine Mutter ist dran.
„Hallo, Schatz, wo bist du denn? Es ist schon ziemlich spät."

Clays Stimme klingt rau und heiser.
„Tut mir leid. Ich hab vergessen, anzurufen. Kannst du mir einen Gefallen tun, Mum?"
„Soll ich dich irgendwo abholen?", fragt sie.
„Nein, ich brauche die restlichen Kassetten aus diesem Karton. Ich hab den in der Garage stehenlassen. Kannst du mir den vorbeibringen?"

Kurzes Schweigen in der Leitung. Dann will seine Mutter wissen, wo er gerade ist. Clay nennt den ersten Ort, der ihm einfällt:
„Ich bin im *Rosie's*."
Merkt seine Mutter, dass er nicht die Wahrheit sagt? Um ihn herum ist alles still. Es gibt keine Geräusche wie in einem Café. Aber sie lässt sich nichts anmerken und verspricht ihm, vorbeizukommen.

Clay hört sich die Geschichte über Marcus zu Ende an. Dabei läuft er in Richtung *Rosie's*. Vorher will er aber noch an einem anderen Ort vorbeischauen. Einem Ort, an dem Hannah sich bestimmt sicher gefühlt hat: Das Kino in der Nähe vom *Rosie's*. Im Sommer haben er und Hannah dort gejobbt.

Wenig später steht Clay vor dem erleuchteten Kino. Die Spätvorstellung läuft. Der kleine Glaskasten in der Mitte vom Eingang ist leer. Hier hat er gesessen und Karten verkauft. Wenn der Film lief, hat er gelesen oder sich mit Hannah unterhalten. Sie war hinter der Theke mit den Getränken und dem Popcorn beschäftigt gewesen.

Hannah!
Nur wegen ihr hat Clay sich bei dem Kino um einen Job beworben. Seit der Abschiedsparty von Kat hatte er immer wieder über Hannah nachgedacht.

Hier im Kino war es ihm leichtgefallen, mit ihr zu reden. Er hat auffällig oft nach Wechselgeld gefragt, damit Hannah zu ihm rüberkam. Sie hat sich dann auf seinen Stuhl gesetzt und ihre freien Minuten mit ihm verbracht. Clay hat diese Augenblicke geliebt.

Warum hat er sich dann so komisch verhalten, wenn andere Leute in der Nähe waren? Clay kennt die Antwort und schämt sich dafür: Es war Hannahs angeblicher „Ruf“. Er hatte Angst, dass jemand etwas Falsches über ihn und Hannah dachte. Er war einfach zu feige gewesen, zu seinen wirklichen Gefühlen zu stehen.

War das der Grund, warum Hannah ihm nicht vertraut hat? Hat sie seine Feigheit gespürt? Was wäre gewesen, wenn er sich mehr um sie gekümmert hätte? Wäre Hannah dann noch am Leben?

Clay ist in seine Erinnerungen versunken. Beinahe vergisst er, dass er sich mit seiner Mutter treffen will. Er läuft so schnell er kann zum *Rosie's*. Dort setzt er sich an die Theke und sieht sich die Speisekarte an. In Gedanken ist er immer noch mit dem Sommer damals im Kino beschäftigt. Er zuckt leicht zusammen, als ihn jemand fragt:
„Hast du schon bestellt?“
Es ist seine Mutter, die plötzlich neben ihm steht.

Sie hat den Karton mit den restlichen Kassetten mitgebracht.
„Ich kann den Schokoshake empfehlen",
sagt sie lächelnd.
Dann sieht sie sich suchend um.
„Wo ist denn dein Freund?"

Clay schämt sich ein bisschen, weil er seine Mutter schon wieder anlügen muss.
„Der ist auf der Toilette."
Irgendwie hat er das Gefühl, dass seine Mutter Bescheid weiß. Dass es gar kein Schulprojekt und keinen Freund gibt. Aber sie fragt nicht weiter. Sie streicht ihm nur kurz übers Haar und sagt leise:
„Mach nicht so lange, ja?"
Dann schiebt sie ihm einen Geldschein zu und geht wieder.

Clay bestellt sich einen Schokoshake. Er legt die nächste Kassette ein und drückt auf „PLAY".

Kassette 7: Zach Dempsey

Das beliebteste Unterrichtsfach bei allen war „Kommunikation“. Unsere Lehrerin, Mrs. Bradley, hat immer interessante Themen vorbereitet. Es ging um Gewalt, um Drogen, um unser eigenes Leben, um die Gesellschaft.

Wir sollten offen über das jeweilige Thema reden. Jeder durfte seine Meinung sagen. Der Unterricht war deshalb oft sehr lebhaft. Es gab auch kaum Hausaufgaben und meistens gute Noten.

Manche Lehrer fanden dieses Fach überflüssig. Sie waren der Meinung, Schüler sollten sich nur um langweiliges Zeug wie Mathematik oder Geschichte kümmern. Zahlen und Daten auswendig lernen – nicht über das wirkliche Leben nachdenken. Mrs. Bradley musste deshalb jedes Jahr um ihr Fach kämpfen.

Ich bin auf jeden Fall dafür, dass „Kommunikation“ weiter unterrichtet wird. Obwohl ... ihr habt es sicher schon erraten: Auch hier habe ich etwas Unangenehmes erlebt. Sonst würde ich ja nicht so ausführlich auf dieser Kassette davon reden. Eigentlich habe ich mich hier im Unterricht immer sicher gefühlt. Ich wurde nicht angegrabscht.

Niemand hat dummes Zeug hinter meinem Rücken erzählt und darüber gekichert. Was ist also passiert?

Am Anfang vom Jahr hat sich Mrs. Bradley etwas Besonderes ausgedacht. Sie wusste, dass sich Schüler in unserem Alter selten etwas Nettes sagen. Zumindest nicht von Angesicht zu Angesicht. Also sollten wir anders miteinander *reden*. Jeder von uns bekam eine Papiertüte, die wir anmalen und verzieren konnten. Dann wurden diese Tüten an einem Gestell aufgehängt.

Jetzt konnten wir etwas Nettes für jemanden auf einen Zettel schreiben. Zum Beispiel: *Tolle Frisur hast du heute!* Oder: *Dein Auftritt beim Schultheater war wirklich klasse!* Diese Nachricht wurde dann anonym in die entsprechende Tüte gesteckt.

Gemeinheiten hatten auf diesen Zetteln nichts zu suchen. Mrs. Bradley hätte sich sehr über so etwas geärgert. Und wir hatten alle großen Respekt vor unserer Lehrerin.

Nicht wahr, Zach? Nein, du hast auch keine gemeinen Worte aufgeschrieben. Du hast etwas Schlimmeres getan. Deshalb bist du auf dieser Kassette.

Als diese Sache mit Marcus passiert ist, warst du auch im *Rosie's*. Du und deine Freunde habt gesehen, wie ich Marcus vom Sitz geschubst habe. Ich saß da und war völlig fertig mit den Nerven. Du hast dich zu mir gesetzt und mich eine Weile angestarrt. Ich habe zuerst so getan, als würde ich dich nicht bemerken. Mein ganzer Körper war wie gelähmt. Die schlimmsten Gedanken rasten durch mein Gehirn. Ich konnte einfach nicht normal auf dich reagieren. Ich habe dich nicht mal angesehen.

Du hast dann kurz gefragt, ob ich okay bin. Oder ob ich noch etwas zu trinken haben möchte. Ich habe nur vor mich hin gestarrt und dir keine richtige Antwort gegeben. Du bist wieder aufgestanden und zu deinen Freunden zurückgegangen.

Was wolltest du von mir, Zach? Mich anbaggern? Als ich etwas später an euch vorbeigegangen bin, habe ich euch reden hören. Deine Freunde haben sich über dich lustig gemacht. „War ja wohl nichts, Zach." Du hast auch dann nichts Gemeines über mich gesagt. Du hast dich einfach auslachen lassen.

Aber dann hast du dich an mir gerächt. Du hast die Zettel aus meiner Tüte gestohlen! Zuerst habe ich mich gewundert, warum ich keine Nachrichten mehr bekommen habe.

Normalerweise gab es eine Menge Zettel, wenn man zum Beispiel eine neue Frisur hatte. Und ich hatte mir die Haare sehr kurz schneiden lassen. Meine Tüte war aber immer leer. Wochenlang.

Sonst hatte ich immer eine Menge Zettel gehabt. Ich habe dann eine Nachricht an mich selbst geschrieben. Auch dieser Zettel war am nächsten Tag verschwunden.

Weißt du, Zach, wie es mir in dieser Zeit gegangen ist? Ich habe an mir selbst und am Leben gezweifelt. Ich habe furchtbare Gedanken gehabt. Ein paar Zettel mit netten Worten hätten mir wieder Hoffnung gegeben. Hoffnung, dass ich wieder zu einem normalen Leben zurückfinde. Du hast mir diese Hoffnung geraubt, Zach!

Ich weiß, dass du meine Zettel gestohlen hast. Ich habe dich auf frischer Tat ertappt. Ich hätte gerne eine Antwort von dir gehabt, warum du das getan hast. Aber du bist einfach weggelaufen. Du hast es nicht für nötig gehalten, mir wenigstens eine Antwort zu geben. Als wäre ich eine völlig wertlose Person.

Am nächsten Tag habe ich einen Zettel in Mrs. Bradleys Tüte gesteckt. Sie wollte immer gerne

Vorschläge für den Unterricht haben. Natürlich waren auch diese Zettel anonym. Ich habe geschrieben, dass ich mich mit dem Thema „Selbstmord" beschäftige.

Wir haben tatsächlich in der nächsten Stunde darüber geredet. Die meisten meiner Mitschüler hatten allerdings keine große Lust auf dieses Thema. Ein paar Meinungen gab es, wie man helfen könnte. Aber so wirklich hat es niemanden interessiert. Ein Mädchen meinte sogar, dass sich wohl nur jemand wichtig machen wollte.

Mrs. Bradley hat zum Schluss noch ein paar Infohefte verteilt. Darin stand etwas über Warnsignale, die gefährdete Menschen geben. Zum Beispiel, wenn sich das Äußere von einem Menschen sehr verändert. Meine abgeschnittenen Haare sind niemandem als etwas Besonderes aufgefallen. Nicht mal meinen Eltern.

Im *Rosie's*

Was ist denn jetzt? Clay spürt, dass jemand neben ihm steht. Es ist Tony. Er hat auf die Stopp-Taste gedrückt. Clay starrt ihn erschrocken an. Tony hat ihn etwas gefragt. „Ist das mein Walkman?"

Clay kann vor lauter Schreck erst mal nichts sagen. Was macht Tony hier? Was soll er ihm antworten? Clay räuspert sich:
„Hey, Tony! Als ich vorhin bei euch war, habe ich dich doch gefragt. Ob ich mir deinen Walkman ausleihen kann."

Tony sieht ihn einen Moment lang stumm an.
Dann schüttelt er den Kopf und sagt:
„Ach, kann sein. Hab ich ganz vergessen. Mein Vater macht mich immer ganz nervös, wenn wir am Auto rumbasteln. Du kannst ihn behalten, so lange du ihn brauchst."

Dann nimmt sich Tony eine Speisekarte und setzt sich an einen Tisch in der Nähe. Das war nicht die Reaktion, die Clay erwartet hat. Er schämt sich. Tony ist schon die zweite Person, die er heute Abend angelogen hat. Erst seine Mutter und nun Tony.
Und das alles nur wegen dieser Kassetten!
Clay würde am liebsten nicht mehr weiterhören.

Aber er muss durchhalten. Er will endlich wissen, was Hannah über ihn zu erzählen hat.

Die Geschichte von Zach ist zu Ende.
Neue Kassette.
„PLAY."

Kassette 8: Ryan Shaver

Früher habe ich Gedichte nicht gemocht. Bis ich entdeckt habe, wie gut man damit seine Gefühle ausdrücken kann. Ich habe mir extra ein Notizbuch für meine Gedichte gekauft. Nach der Schule bin ich oft in ein Café gegangen und habe noch etwas geschrieben. Egal, was an dem Tag passiert war – alles verwandelte ich in ein Gedicht. Lustige oder traurige oder schmerzhafte Dinge. Das Schreiben hat mir gutgetan.

Ich habe mich sogar für einen Schreibkurs in der Bücherei angemeldet. Der Kurs hieß: *Die Kunst, das Leben zu lieben*. Das hat mir gefallen. Ich wollte jetzt nur noch lustige und schöne Gedichte schreiben. Meine Gedichte sollten mein Leben fröhlicher machen.

Leider waren in dem Kurs hauptsächlich ältere Menschen, die über den Tod geschrieben haben. Ich bin deshalb auch nur dreimal in dem Kurs gewesen. Das war mir alles zu traurig dort.

Allerdings war noch jemand aus der Schule da, den die älteren Leute total toll fanden. Und das warst du, Ryan Shaver. Der Herausgeber von unserer Schülerzeitung.

Du hast auch gedacht, es geht um die fröhlichen Seiten vom Leben. Deshalb hast du dich dort angemeldet. Und du warst genauso enttäuscht von dem Kurs wie ich. Das war wohl der Grund, warum wir ins Gespräch gekommen sind. Wir haben uns auf die Treppe vor der Bücherei gesetzt und geredet.

Beim ersten Mal ging es um die anderen Teilnehmer im Kurs. Wir fanden die Gedichte von denen nur zum Lachen. Beim zweiten Mal haben wir uns ein paar von unseren eigenen Gedichten vorgelesen. Beim dritten Mal sind wir sehr mutig gewesen. Wir haben unsere Notizbücher getauscht. Jeder konnte alles lesen, was der andere geschrieben hat. Wir haben uns in dem Moment gegenseitig vertraut. Wieso hast du dann mein Gedicht gestohlen, Ryan? Warum hast du dieses Gedicht von mir in deiner Zeitung abgedruckt? Und so getan, als ob du es irgendwo gefunden hättest?

Das war ja deine Spezialität, nicht wahr? Du hast ständig etwas gefunden – einen Liebesbrief, ein paar Fotos, eine Kritzelei. Diese Dinge hast du gesammelt und sie dann in deiner Zeitung abgedruckt. Netterweise hast du Namen oder Telefonnummern entfernt. Ich habe dich mal gefragt, ob du diese Dinge wirklich immer irgendwo in der Schule gefunden hast.

Deine Antwort war: „Ja." Das stimmt aber nicht, Ryan. Mein Gedicht hast du gestohlen!

Du hast nichts unternommen, als mein Gedicht im Unterricht besprochen wurde. Unser Englischlehrer Mr. Porter dachte ja auch, dass dieses Gedicht anonym war. Ich musste mir anhören, was für Gedanken ihr euch zu meinem Gedicht gemacht habt. Es gab sogar Schülerinnen, die Wörter ausgetauscht haben. Um das Gedicht witziger zu machen. In der Schule wurde oft darüber gelacht.

Und du, Ryan? Du hast einigen Leuten doch erzählt, dass es in Wirklichkeit von mir ist. Du warst so stolz darauf, dass über dein angeblich „gefundenes" Ding im Unterricht geredet wurde. Verschiedene Leute haben mich darauf angesprochen. Natürlich habe ich nicht zugegeben, dass es mein Gedicht war. Kannst du dir vorstellen, dass einige Leute deswegen sauer auf mich waren? Ich fühlte mich einfach nur schrecklich, denn dieses Gedicht hat mir viel bedeutet.

Allmählich scheint es gar keinen sicheren Ort mehr für mich zu geben. Mein Zimmer – da werde ich beobachtet. Die Schule – alle lachen über mich. Meine Gedanken – gehören nicht mehr mir allein. Danke dafür, Ryan!

Die Überraschung

Clay sitzt wie betäubt vor seinem leeren Glas. Dieses Gedicht – es war also doch von Hannah! Er kann sich an die dummen Witze erinnern, die einige Leute darüber gemacht haben. Clay beißt die Zähne fest zusammen. Er will hier nicht in Tränen ausbrechen.

Vorsichtig schaut Clay sich um. Tony ist gegangen. Komisch, warum hat er sich nicht verabschiedet? Es ist schon ziemlich spät und wohl bald Feierabend. Der Mann hinter der Theke wischt mit einem Lappen herum. Clay bittet ihn um ein Glas Wasser. Er spürt immer noch den Druck auf seinen Augen. Als er zahlen will, winkt der Mann ab.
„Ich weiß zwar nicht, was mit dir los ist. Aber ich will dein Geld nicht, okay?“
Clay nickt ein Dankeschön, nimmt seinen Rucksack und verlässt das *Rosie's*.

Draußen ist es dunkel und kalt. Clay hat keine Ahnung, wo er jetzt hingehen soll. Nach Hause, in ein anderes Café, sich irgendwo auf eine Treppe setzen?

Bevor er sich entscheiden kann, blinken Autolichter auf. Tonys Stimme kommt von der anderen Straßenseite:
„Hey, Clay, komm rüber.“

Was wird das jetzt? Clay und Tony kennen sich schon lange. Gemeinsame Schulprojekte, ein bisschen quatschen hier und dort. Sie haben sich aber noch nie ernsthaft unterhalten. Und Clay hat jetzt auch überhaupt keine Lust dazu. Trotzdem überquert er die Straße. Tony winkt ihm, dass er einsteigen soll. Clay will nicht unhöflich sein und setzt sich ins Auto.

Kaum hat er die Tür zugemacht, fängt Tony an zu reden. „Du bist jetzt schon die neunte Person, der ich folgen muss."
Clay sieht ihn erstaunt an. „Wovon redest du?"
Tony hält das Lenkrad fest und schaut nach draußen. „Von den Kassetten. Hannah hat die Wahrheit gesagt. Ich habe die Kopien."

Clay ist entsetzt. Damit hat er nicht gerechnet. Tony schaut ihn immer noch nicht an.
„Ist schon okay. Welche Kassette hast du gerade gehört?"
Clay überlegt, ob er wieder lügen soll: Keine Ahnung, wovon du sprichst, Tony! Aber das wäre wirklich dumm. Schließlich hat Tony ihn da drinnen mit seinem Walkman gesehen. Clay antwortet leise: „Ryan. Die Kassette über das Gedicht."
Tony startet den Motor.
„Warum hat sie dir die Kassetten gegeben?", will Clay jetzt wissen.

Tony setzt den Blinker. „Hör dir die nächste Geschichte an. Dann erzähl ich es dir."

„Sag mir doch einfach, warum!"
Clays Stimme wird lauter. Tony sieht in den Spiegel, bevor er das Auto auf die Straße lenkt.
„Weil die nächste Geschichte von dir handelt. Hör sie dir an und dann erzähle ich dir, warum Hannah mir die Kassetten gegeben hat."

Clay sitzt einen Moment wie erstarrt da. Dann haut er seinen Ellbogen gegen die Rückenlehne, haut gegen die Tür. Erschöpft lässt er schließlich seinen Kopf nach hinten fallen. Tränen laufen über sein Gesicht.

Er legt die Kassette ein und drückt auf „PLAY".

Kassette 9: Clay Jensen

Clay, mein Lieber, du gehörst eigentlich nicht auf diese Liste. Du hast dich mir gegenüber nicht so mies verhalten wie die anderen. Aber meine Geschichte wäre nicht vollständig ohne dich. Deshalb will ich auch von dir erzählen.

Gibt es Menschen, über die niemand etwas Schlechtes sagt? Menschen, über die man nur gute Dinge hört? So ein Mensch warst du offenbar, Clay. Das hat mich neugierig gemacht. Das war auch der Grund, warum ich dich kennenlernen wollte.

Es geht hier um eine besondere Nacht, in der eine Party stattfand. Unsere Nacht, Clay! Nur in dieser einen Nacht waren wir uns wirklich nahe. Unsere Seelen waren miteinander verbunden. Die gemeinsame Schulzeit oder Arbeitszeit im Kino haben nicht wirklich gezählt.

Ich durfte eigentlich nicht auf diese Party. Meine Noten waren zu der Zeit ziemlich schlecht. Ich bekam öfter Hausarrest von meinen Eltern. Dann musste ich gleich nach der Schule zu Hause sein.

Ich hatte gehört, dass du zu der Party gehst. Das war ungewöhnlich, nicht wahr? Du bist nur selten auf Partys gegangen. Für mich noch ein Grund mehr, auch hinzugehen.

Also bin ich heimlich aus dem Fenster geklettert. Dabei habe ich mich richtig gut gefühlt. Ich hatte etwas geschafft, was eigentlich nicht möglich war. Ich habe dann über das Leben mit seinen vielen Möglichkeiten nachgedacht. Habe ich gehofft, dass alles wieder gut wird in meinem Leben? Dieses gute Gefühl hat leider nicht lange angehalten.

Ich bin nämlich noch an dem Haus vorbeigegangen, in dem wir vorher gewohnt haben. Keine Ahnung, warum ich das gemacht habe. Ein Mann ist gerade in sein Auto gestiegen und weggefahren. Ich kannte ihn nicht und er mich auch nicht. Er hat mich nicht gefragt, warum ich vor seinem Haus stehe. Für ihn war ich ein fremdes Mädchen, das zufällig vorbeiging. Er konnte ja nicht wissen, dass ich hier mal gelebt habe. Es hätte ihn auch nicht interessiert.

Aus irgendeinem Grund hat mich das traurig gemacht. Mein Leben in diesem Haus war vorbei und vergessen. Meine Vergangenheit war unwichtig. Nur das Hier und Jetzt war von Bedeutung. Dieses seltsam traurige Gefühl ist den ganzen Abend nicht mehr weggegangen.

Auf der Party war schon viel los. Die meisten Leute mussten ja nicht heimlich von zu Hause wegschleichen, so wie ich. Ich habe mich drinnen erst mal umgesehen. In der Küche bei den Getränken sind wir uns dann über den Weg gelaufen. Du hast gesagt, wir sollten mal miteinander reden. Ich war sehr froh über diesen Vorschlag. Ich wollte auch gerne mit dir reden, Clay. Bisher hatten wir noch nie eine gute Gelegenheit dazu gehabt.

Wir haben uns auf eine Seite von der Couch gesetzt. Auf der anderen Seite haben zwei Leute rumgeknutscht. Aber das hat uns nicht gestört. Wir haben geredet und geredet und geredet. Es hat so gut getan, endlich mal ein richtiges Gespräch mit dir zu führen, Clay. Ich hätte dir auch gerne alles von mir erzählt. Aber einige Dinge konnte ich einfach nicht erzählen. Weil ich Angst davor hatte. Vielleicht hätte ich doch schon früher mit dir reden sollen? Ganz plötzlich habe ich unser Gespräch dann beendet.

Und was hast du gemacht? Du hast dich auf meine veränderte Stimmung eingestellt. Wir sind zusammen über die Party gelaufen. Du hast Witze erzählt und wir haben laut gelacht. Du warst nicht beleidigt, weil ich nicht mehr über ernsthafte Dinge mit dir reden wollte. Also bist du wohl tatsächlich der nette Typ, von dem alle reden.

Irgendwann standen wir uns in einer Tür gegenüber. Ich war gleichzeitig fröhlich und traurig. Weil wir uns so gut verstanden haben und ich mich trotzdem einsam gefühlt habe. Dann habe ich dich geküsst. Es war ein langer Kuss. Als er zu Ende war, hast du mich gefragt:
„Womit habe ich das verdient?"
Ich habe „Dummkopf" zu dir gesagt und dich weiter geküsst. Wir haben uns in ein Zimmer zurückgezogen und die Tür zugemacht.

So, und nun werden viele von euch wieder das Schlimmste denken. Diese Hannah – jetzt macht sie schon wieder mit einem Jungen rum! Das ist nämlich das, was ihr glauben wollt. In Wirklichkeit lagen wir beide nur auf dem Bett und haben uns geküsst. Mehr ist nicht passiert, weil ...

... ich plötzlich an meinen ersten Kuss denken musste. An Justin, der mit seinen Lügen alles kaputt gemacht hat. Und an alles, was daraus entstanden ist: Mein angeblicher „Ruf" und das gemeine Verhalten von so vielen Leuten. Ich habe dich weggestoßen, Clay. Irgendwie habe ich dabei gehofft, dass du mich verstehst.

Aber du konntest ja nicht in meinen Kopf hineinsehen. Woher solltest du wissen, was für Bilder und Gedanken da drin waren? Ich habe dich noch mal weggestoßen und „Stopp!“ gesagt.

Da bist du gegangen. Und deine Geschichte ist hier zu Ende, Clay. Wir haben nie wieder miteinander gesprochen.

Fahrt durch die Nacht

„Warum muss ich mir das überhaupt anhören?“, fragt Clay. „Mir würde es besser gehen, wenn ich nie etwas von diesen Kassetten gehört hätte.“
Tony schüttelt den Kopf.
„Nein, würde es dir nicht. Du würdest immer wieder darüber nachdenken, warum sie es getan hat. Sie wollte, dass du die Gründe erfährst.“

Clay lehnt seinen Kopf an die kühle Fensterscheibe. Er denkt an diese Party zurück. An seine Hoffnung, dass Hannah da sein würde. Dass sie endlich in Ruhe miteinander reden könnten. Und wieso bin ich dann erst in den Garten gerannt, als ich sie gesehen habe? Weil ich ein dummer Angsthase war, denkt Clay zornig. Weil ich diesem blöden Gerede über Hannah geglaubt habe. Oder mir nicht sicher war, ob es stimmt oder nicht.

Aber Clay wollte nicht wieder den gleichen Fehler machen wie sonst. Also ist er damals ins Haus zurückgegangen und hat Hannah angesprochen. Jetzt hört er ihre Stimme, die ihm von dieser Nacht erzählt. Clay schließt die Augen, damit er nicht von anderen Dingen abgelenkt wird. In seinen Gedanken ist er wieder auf dieser Party und bei Hannah.

Warum hat sie ihn weggestoßen? Das hat Clay damals nicht verstanden. Er hat sich von ihrem „Stopp“ einschüchtern lassen. Warum ist er nicht bei ihr geblieben? Er hat doch gespürt, dass sie ihn braucht. Trotzdem war da wieder die Angst, etwas falsch zu machen.

Clay ist am Ende der Kassette angekommen. Tränen laufen ihm übers Gesicht. Tony hält das Auto am Straßenrand an.
„Alles okay bei dir?“, fragt er.
Clay nickt und bricht gleichzeitig wieder in Tränen aus. „Ich vermisse sie“, schluchzt er.
Tony lehnt sich in seinem Sitz zurück und sieht Clay an. „Das geht mir genauso.“
Sein Kopf senkt sich nach vorn. Weint Tony auch?

Clay ist froh, dass er hier im Auto sitzen darf. Neben einem Menschen, der seinen Schmerz versteht. Jetzt richtet Tony sich wieder auf und startet das Auto. Sie fahren weiter durch die dunkle Nacht.

Clay wechselt die Kassette und drückt auf „PLAY“.

Kassette 10: Justin, ich und ...

Immer noch die Nacht von der Party. Eine Nacht, in der viele schlimme Dinge passiert sind. Eine Nacht, die auch schöne Momente hatte. Die Gespräche mit Clay und unsere zärtlichen Küsse. Warum habe ich diesen schönen Moment zerstört? Warum habe ich Clay weggestoßen und ihn verjagt? Er war doch der Einzige, dem ich vertrauen konnte.

In meinem Kopf drehte sich alles. Als Clay aus dem Zimmer gegangen war, rutschte ich auf den Boden und heulte. Ich wurde dabei schon bald gestört. Die Tür ging auf und ein Pärchen kam herein. Das waren die beiden, die vorher auf der Couch rumgeknutscht hatten. Das Mädchen konnte kaum noch stehen. Wahrscheinlich war sie total betrunken. Der Junge half ihr, sich aufs Bett zu legen. Er fragte sie auch, wie es ihr geht.

Mich konnte er nicht sehen. Ich saß auf der anderen Seite auf dem Boden. Das Zimmer war auch ziemlich dunkel. Nur ein schmaler Streifen Licht kam unter der Tür durch. Ich habe gehofft, dass der Junge bald wieder geht. Ich wollte so schnell wie möglich von hier verschwinden. Aber der Junge hat angefangen, das Mädchen zu küssen. Manche Leute würden so etwas ja toll finden. Heimlich jemanden beim Küssen und vielleicht mehr zu beobachten. Ich fand das nur schrecklich. Ich war einfach völlig durcheinander.

Nach ein paar Minuten hat der Junge gemerkt, dass seine Küsserei sinnlos war. Das Mädchen lag fast bewegungslos da. Ab und zu hat sie etwas vor sich hingemurmelt.

Ich muss dazu sagen, dass sich der Junge anständig verhalten hat. Er hat nicht versucht, die Situation auszunutzen. Er hat sie zugedeckt und ist aus dem Zimmer gegangen. Das war meine Chance, auch zu verschwinden. Leider kam es anders.

Bevor ich die Tür erreicht hatte, wurde sie wieder ein Stück geöffnet. Ein zweiter Junge wollte in das Zimmer. Der erste wollte das nicht und hat die Tür wieder zugezogen. Die beiden standen auf dem Flur. „Nein, lass sie in Ruhe", hörte ich den ersten sagen. Ich stand wie erstarrt mitten im Raum. Wohin jetzt?

Die beiden Jungs haben sich vor der Tür weiter gestritten. Der eine wollte zu dem Mädchen, der andere wollte das verhindern. Ich sah mich panisch in dem Zimmer um. In einer Ecke stand ein offener Kleiderschrank. Mit zittrigen Knien bin ich dort hineingekrochen. Gerade noch rechtzeitig!

Die Tür wurde wieder geöffnet. Ich konnte die Unterhaltung hören.
„Das bringt doch nichts. Sie ist völlig hinüber!"
Das war die Stimme des einen Jungen.
„Mann, ich muss gleich zur Arbeit. Ich weiß schon, was ich tue. Bleib mal cool!", sagte der andere Typ.
Dann hat der erste Junge nachgegeben und ist zur Seite gegangen. Warum? Er wusste doch genau, was der andere mit dem Mädchen vorhatte!

Und ich? Ich habe dort im Schrank gesessen. Auf dem Boden lag ein Haufen Kleider. In diesen Haufen habe ich mein Gesicht gedrückt. Ich wollte nichts sehen und nichts hören. Trotzdem habe ich gehört, wie sich der zweite Junge auf das Bett gelegt hat. Wie sich das Bett bewegt hat. Die Musik von der Party war so laut, dass niemand sonst etwas mitbekommen hat.

Als er fertig war, ist der Junge einfach aus dem Zimmer gegangen. Er musste ja pünktlich bei der Arbeit sein!

Und ich? So schnell wie möglich bin ich aus dem Schrank und dem Zimmer raus. Um das Mädchen habe ich mich nicht gekümmert. Ich bin den Flur runtergelaufen und habe dich gesehen – Justin. Du hast in einem anderen Zimmer gesessen.

Dein Gesicht war wie eine Maske. Ich bin stehen geblieben und wir haben uns beide angestarrt. Du wusstest nicht, woher ich gerade kam. Aber ich hatte deine Stimme vorhin erkannt.

Ja, Justin, diese Kassette handelt von uns beiden. Und von unserer Schuld. Du triffst dich immer noch mit deinem Kumpel. Obwohl du weißt, was er getan hat. Er hat dieses Mädchen vergewaltigt!

Wir beide hätten ihr helfen können. Jeder von uns hatte die Gelegenheit, jeder für sich. Wir haben es nicht getan.

Ich war an dem Abend so durcheinander. Du wolltest deinem Kumpel nicht im Weg stehen. Trotzdem – das sind keine Entschuldigungen für unser Verhalten. Wir sind beide schuldig, weil wir dem Mädchen nicht geholfen haben.

Und der andere, der Vergewaltiger, muss noch auf seine Kassette warten!

Tony

Seit sie vom *Rosie's* weggefahren sind, hat Tony nur wenig gesprochen. Er fährt mit Clay neben sich durch die dunklen Straßen. An einem Haus bleibt er stehen und schaltet den Motor aus.

Clay ist von der letzten Geschichte übel geworden. Er schafft es gerade noch, die Autotür zu öffnen. Dann muss er sich übergeben.

Tony sitzt stumm neben ihm und wartet geduldig. Als es Clay wieder besser geht, erkennt auch er das Haus. Hier hat damals diese Party stattgefunden.

Clay denkt mit Trauer zurück an diesen Abend. Die Party, die so gut angefangen hat. Er und Hannah haben zusammen geredet und gelacht. Dann haben sie sich geküsst. Und ganz plötzlich hat Hannah ihn weggestoßen.

Clay erinnert sich auch, wie verwirrt er von der Party weggelaufen ist. War da nicht etwas Besonderes zwischen ihm und Hannah gewesen? Warum hatte sie sich so plötzlich zurückgezogen?

Clay atmet ein paarmal tief ein und aus. Die kalte Nachtluft tut ihm gut.

Er sieht zu Tony hinüber. Der schaut ihn an und fragt: „Alles okay bei dir? Soll ich dir jetzt erzählen, was ich mit der ganzen Sache zu tun habe?"
Clay nickt und lehnt sich in den Sitz zurück.

Tony fängt an: „Hannah ist vor ein paar Wochen bei mir zu Hause aufgetaucht. Ich habe mich erst gewundert, was sie von mir wollte. In der Schule haben wir uns gut verstanden. Aber privat hatten wir eigentlich bisher nichts miteinander zu tun."

Tony schaut kurz aus dem Fenster.
„Der Grund für ihren Besuch war wirklich ungewöhnlich. Sie wollte mir ihr Fahrrad schenken. Falls mein Auto mal kaputt ist, hat sie gesagt."

Tony sieht Clay an und schüttelt traurig den Kopf.
„Erinnerst du dich an dieses Infoheft über Selbstmord? Da stand drin, dass gefährdete Menschen plötzlich ihre Sachen verschenken. Ich hätte sie fragen sollen, was los ist. Das wäre meine Chance gewesen, ihr zu helfen. Ich habe es nicht getan. Ich habe nicht gefragt."

Ein paar Minuten lang ist es still im Auto. Dann erzählt Tony weiter. „Ich habe nur gesagt, dass ich ihr dann auch etwas schenken möchte. Und weißt du, was sie haben wollte?"

Tony laufen jetzt auch die Tränen übers Gesicht.
„Sie wollte ein Gerät, mit dem man Nachrichten dauerhaft aufnehmen kann. Und auch für mehrere Personen. Ich habe ihr dann den alten Kassettenrekorder von meinem Vater gegeben."

Tony wischt sich die Tränen weg. Ohne es zu wissen, hat er Hannah bei ihren Vorbereitungen geholfen. Vorbereitungen für ihren geplanten Selbstmord.

Tony holt tief Luft und fragt Clay:
„Glaubst du, sie hätte mir davon erzählt? Wenn ich mehr gefragt hätte?"
Clay schüttelt den Kopf.
„Nein, das glaube ich nicht. Sie hatte sich entschieden. Auf der Party hätte sie ja auch mit mir reden können. Hat sie aber nicht."

Wieder schweigen beide für eine Weile.
„Einige Zeit später habe ich dieses Paket mit den Kassetten bekommen", sagt Tony.
„Hat sie dir eine Nachricht mitgeschickt?",
will Clay wissen.
„Ja. Ich habe die Kassetten doppelt bekommen. Damit ich sie öffentlich machen kann, wenn es sein muss. Und ich habe mir natürlich alle Kassetten angehört. Ich wollte wissen, ob mein Name auch auftaucht."

Tony seufzt.
„Das Seltsame war ja, dass ich sie an jenem Tag noch in der Schule gesehen habe. Da hatte ich plötzlich ein komisches Gefühl und habe ihre Eltern im Geschäft angerufen. Hannah war aber nicht da. Ich habe nur gesagt, dass ich mir Sorgen mache. Die Kassetten habe ich nicht erwähnt. Hannahs Eltern haben sich bestimmt über meinen Anruf gewundert."

Tony holt tief Luft.
„Am nächsten Tag war Hannah dann nicht in der Schule. Mir war so schlecht, dass ich nach Hause gegangen bin. Ich war ein paar Tage lang nicht im Unterricht."

Tony spielt mit seinem Autoschlüssel herum.
„Als ich zurückgekommen bin, sind mir Justin und Alex aufgefallen. Die sahen echt blass um die Nase aus. Da habe ich mir gedacht: Okay, ich tu Hannah den Gefallen und passe auf, dass jeder von euch die Kassetten hört."

Clay fragt neugierig: „Wie hast du das denn gemacht? Das hat doch sicher keiner zugegeben."
„Na ja, bei dir war das ja nicht schwer. Du hast mir schließlich den Walkman geklaut."
Bei diesen Worten müssen sie gleichzeitig lachen.

Obwohl sie beide traurig sind wegen Hannah, fühlt sich das Lachen gut an. Es verbindet sie.

„Die anderen habe ich nach der Schule abgefangen. Ich habe so getan, als ob ich ihnen einen neuen Song auf einer Kassette vorspielen wollte. Jeder weiß doch, dass ich noch Kassetten im Auto höre. Wenn dann jemand nervös wurde, wusste ich Bescheid. Derjenige oder diejenige hatte die Kassetten schon gehört."

Tony wirkt jetzt entspannter als vorher. Er hat sich seine Rolle als Überwacher nicht ausgesucht. Aber er tut es Hannah zuliebe. Wenigstens das kann er noch für sie tun.

Clay ist froh, dass Tony mit ihm geredet hat. Es hat ihm gutgetan, dass noch ein anderer Mensch seine Gefühle für Hannah teilt. Er ruft seine Mutter an. „Hallo, Mum. Ich übernachte heute bei Tony. Ich komm morgen vor der Schule und hol meine Sachen." Noch eine Lüge, die sein muss.

Zu Tony sagt er:
„Ich wollte nur sichergehen, dass sie sich keine Sorgen macht. Vielleicht gehe ich heute wirklich nicht nach Hause. Ich muss die restlichen Kassetten noch hören."

Dann bedankt er sich noch einmal bei Tony und
steigt aus.
Tony winkt ihm zu, bevor er mit seinem Auto
davonfährt.

Kassette 11: Jenny Kurtz

Die Geschichte von der Partynacht ist immer noch nicht vorbei. Jetzt kommt der dritte Teil.

Ich habe also Justin eine Weile angestarrt. Dann bin ich wieder in den Partyraum gegangen. Ich habe mich schwach und schwindlig gefühlt. Das lag aber nicht an dem Alkohol, den ich an dem Abend getrunken hatte. Alles an diesem Abend hat mich einfach fertiggemacht.

Ich habe mich kurz auf einen Stuhl gesetzt. Jemand hat mich dann angesprochen. Es war Jenny, die Cheerleaderin aus dem Büro. Ihr erinnert euch – die Geschichte am Valentinstag. Jenny legte ihre Hand auf meine Schulter.
„Hey, Hannah, alles okay bei dir? Soll ich dich nach Hause bringen?"
Na toll, dachte ich, sehe ich wirklich so fertig aus? Andererseits war ich froh, dass sich jemand um mich kümmern wollte.

Auf dem Weg zum Auto haben wir geschwiegen. Hast du auch schon einmal unangenehme Dinge auf einer Party erlebt, Jenny? Dinge, über die man nicht sofort reden kann? Du hast mich vorsichtig in dein Auto gesetzt und bist losgefahren.

Im Auto war es angenehm warm und gemütlich. Ich habe mich sofort sicher gefühlt. Trotzdem konnte ich immer noch nicht klar denken. Das hat sich ganz plötzlich geändert.

Und zwar in dem Moment, als du den Unfall gehabt hast, Jenny. Du bist mit dem rechten Vorderreifen über den Bordstein gefahren und hast ein Stoppschild umgestoßen. Da war ich dann hellwach. Du bist ausgestiegen und hast dir die Vorderseite vom Auto angesehen. Das Stoppschild lag auf dem Boden. Du hast den Kopf geschüttelt und bist wieder eingestiegen.
„Verdammte Scheiße!", waren deine Worte.
Und dann wolltest du einfach weiterfahren!

Ich habe dich gestoppt.
„Jenny, du kannst doch jetzt nicht einfach weiterfahren!"
Du hast geantwortet:
„Ich bin nicht betrunken. Die Straße war nass vom Regen."
Ich habe dir nicht vorgeworfen, betrunken zu sein, Jenny. Ich habe mich nur über diesen Unfall gewundert. Du hast gesagt:
„Ist doch nichts Schlimmes passiert. Auf so ein Stoppschild achtet sowieso niemand. Und wir sind schon fast zu Hause."

Das hat mich nicht überzeugt. Ich habe dir noch mal vorgeschlagen, das Auto stehen zu lassen.
„Komm, wir finden jemanden auf der Party, der uns fahren kann. Wir holen dein Auto gleich morgen früh ab."
Mein Vorschlag hat dir offensichtlich nicht gefallen.
„Hör zu, Hannah. Am besten, du steigst aus."
Ich habe nicht sofort reagiert. Deine Stimme ist lauter geworden.
„Steig jetzt aus!"

Ich bin ausgestiegen und habe die Tür festgehalten.
„Kann ich kurz dein Telefon benutzen? Ich möchte wenigstens jemandem Bescheid sagen wegen dem Schild. Das muss jemand reparieren!"
Du hast mich gar nicht mehr angesehen und den Motor gestartet.
„Nein, die können den Anruf zurückverfolgen. Mach die Tür zu!"
Weil ich nicht sofort reagiert habe, hast du den Rückwärtsgang eingelegt. Ich musste zur Seite springen. Dann bist du mit Vollgas weggefahren.
Und du bist auch tatsächlich gut zu Hause angekommen, Jenny.

Zwei andere Menschen nicht. Es hat später in dieser Nacht einen Unfall gegeben. Genau an der Stelle, an der du das Stoppschild umgefahren hast, Jenny.

Ein junger und ein älterer Mann sind mit ihren Autos zusammengestoßen. Der junge Mann hat diesen Unfall nicht überlebt. Er ist auf unsere Schule gegangen. Am Tag von seiner Beerdigung war es sehr still in der Schule.

Zum ersten Mal habe ich damals über meine eigene Beerdigung nachgedacht. Wie würde das Leben weitergehen – für euch, ohne mich?

Am Abend von der Party stand ich ganz allein an der Straße. Neben mir das umgeknickte Stoppschild. In meinem Kopf begann sich wieder alles zu drehen. Ich bin einfach losgelaufen, kreuz und quer durch die Straßen. Wenn ich gewusst hätte, was später passieren würde ... Ich wäre sofort zurück zur Party gegangen und hätte die Polizei angerufen.

Aber ich war so durcheinander, dass ich keinen klaren Gedanken fassen konnte. Erst sehr viel später habe ich von einer Telefonzelle aus bei der Polizei angerufen. Meine Stimme muss sich vom vielen Weinen seltsam angehört haben. Denn auf meiner nächtlichen Wanderung habe ich viel geweint. Über all die unschönen Dinge, die auf der Party passiert sind. Darüber, dass ich das Gefühl hatte, mit niemandem reden zu können. Dass ich mich immer einsamer fühlte.

Die Polizistin sagte mir, ich solle mich beruhigen. Sie sagte, dass die Polizei schon Bescheid wüsste. Ich habe erst gedacht, dass du wegen dem Schild angerufen hast.

Am nächsten Tag in der Schule habe ich erfahren, wer die Polizei gerufen hat. Aber nicht wegen einem umgefahrenen Stoppschild. Dort war etwas viel Schlimmeres passiert!

Hätte ich es verhindern können? Hätte ich dir den Schlüssel wegnehmen sollen, Jenny? Hätte ich dich zwingen sollen, die Polizei anzurufen?

Du bist mir wochenlang aus dem Weg gegangen, Jenny. Hast du gedacht, du kannst diese Nacht einfach vergessen? Das wirst du nicht, glaub mir.

Wieder allein

Clay sieht Tonys Auto um die Ecke verschwinden. Jetzt ist er wieder allein auf der Straße. Er setzt sich auf den Bürgersteig. Genau vor das Haus, in dem damals die Party stattgefunden hat. Die Party, bei der Hannah und er sich nähergekommen sind. Die Party, die er dann ganz schnell verlassen hat.

Auch Clay ist an dem Abend durch die Straßen gelaufen. Er wollte nicht nach Hause. Er wollte nachdenken. Über Hannah, über sich selbst.

Clay hat den Unfall von den beiden Männern damals mitbekommen. Niemand wusste, wie dieser Unfall passiert war. Auch die Polizei stand vor einem Rätsel.

Jetzt hört Clay, wie Hannah von dem Stoppschild erzählt. Ihm wird schlecht. Also hat es damals doch jemanden gegeben, der Bescheid wusste. Hannah, Jenny und wahrscheinlich auch Jennys Eltern. Jennys Auto war ja repariert worden. Aber Hannah hat es niemandem erzählt. Bis jetzt.

Clay steht auf und läuft los. Als er bei dem Schild angekommen ist, sieht er die Veränderung.
Die Buchstaben leuchten jetzt.

Das Schild selbst ist an einer stabilen Metallstange befestigt. Das war in der Nacht damals noch anders gewesen. Trotzdem hätte dieser schreckliche Unfall nicht passieren müssen.

Clay braucht erst noch etwas Zeit, um diese Nachrichten zu verdauen. Erst dann schafft er es, die nächste Kassette einzulegen.

Clay drückt auf „PLAY“.

Kassette 12: Bryce Walker

Das ist die vorletzte Kassette. Bald habt ihr es geschafft. Gebt also nicht auf!

Oh, das ist jetzt ein seltsamer Satz von mir. Denn genau das habe ich ja selbst getan – aufgegeben.

Die Gründe hört ihr euch gerade an. Jedes Erlebnis hat mich weiter runtergezogen. Der Gedanke an Selbstmord ging mir immer öfter durch den Kopf.

So, jetzt habe ich das Wort gesagt. Auch über das „Wie" habe ich nachgedacht. Irgendwann habe ich die beste Lösung gefunden – Tabletten.

Und jetzt ist es bald so weit. Morgen werde ich das Paket mit den Kassetten an Justin schicken, den ersten auf der Liste. Dann werde ich zur Schule gehen. Ich werde als Einzige wissen, dass es mein letzter Schultag sein wird. Für euch anderen wird es ein ganz normaler Schultag sein.

Werdet ihr euch erinnern, was ihr zuletzt zu mir gesagt habt? Oder was mein letztes Wort an euch war? Ich werde mich auf jeden Fall an jedes letzte Wort erinnern. Aber jetzt ist erst mal die nächste Geschichte dran.

Eine Woche nach dem Unfall gab es wieder eine Party. Ich bin nicht hingegangen. Schon bei dem Wort „Party“ hat sich mir der Magen umgedreht.

Ich war trotzdem in der Nähe. Denn ich habe auf einen Hund aufgepasst. Er gehört Freunden von meinen Eltern, die verreist waren. Der Hund ist jedes Mal ausgeflippt, wenn Leute am Haus vorbeigegangen sind. Und zu einer Party gehen nun mal eine Menge Leute. Ich habe ihn irgendwann in die Garage gesperrt. Da konnte er so laut bellen, wie er wollte.

Ich wollte von dieser Party eigentlich auch nichts sehen und nichts hören. Ich habe die Fenster und Jalousien geschlossen. Im hintersten Zimmer habe ich den Fernseher auf volle Lautstärke gestellt. Die Musik war aber so laut, dass ich die tiefen Töne immer noch spüren konnte. Ich habe mich wieder wie in diesem Schrank gefühlt. Das gleiche schreckliche Gefühl.

Irgendwann war die Party zu Ende. Der Hund hatte aufgehört zu bellen. Ich brauchte dringend frische Luft. Die Straße war leer, keine Partygäste mehr da. Ich machte mich also auf den Weg zu einem späten Spaziergang. Als ich bei dem Haus von der Party vorbeilief, rief jemand meinen Namen.

Hinter dem Zaun tauchte ein Kopf auf – Bryce Walker. Er sagte, ich solle doch reinkommen. „Wir entspannen hier gerade ein bisschen."
Alles in mir schrie: „Nein!"

Ein zweiter Kopf erschien über dem Zaun – Courtney Crimsen. Du hast hier gewohnt und die Party veranstaltet, nicht wahr? Du hast mich auch reingewinkt. Und mir sogar angeboten, mich nachher nach Hause zu fahren. Du konntest ja nicht wissen, dass ich in der Nähe übernachte. Ich war wirklich überrascht von deinem Angebot, Courtney. Unsere letzte Begegnung war ja nicht so toll.

Also bin ich zu euch reingegangen. Dann habe ich erst gesehen, dass ihr in einem Whirlpool sitzt.
Du hast gesagt:
„Wir haben Unterwäsche an. Komm rein. Es ist toll."

Das konnte man euch auch ansehen. Ihr habt sehr entspannte Gesichter gemacht. Aber sollte ich das wirklich tun? Auf der einen Seite wusste ich ja, dass man euch nicht wirklich trauen durfte. Ihr seid beide nicht die nettesten Menschen. Auf der anderen Seite – ja, was? Ich weiß nicht genau, warum ich doch zu euch ins Wasser gestiegen bin. Es war wirklich sehr angenehm, da zu liegen. Bis Bryce zu mir rübergerutscht ist.

Und um es laut und deutlich zu sagen – ich habe nichts gegen ihn unternommen. Ich habe ihn nicht weggestoßen, nichts gesagt und mich nicht gewehrt. Trotzdem hättest du merken müssen, dass ich nicht mitmachen wollte, Bryce. Ich habe meinen Kopf weggedreht, die Zähne zusammengepresst, Tränen stiegen mir in die Augen. Aber so etwas hat dich noch nie gestört. Du sagst bei solchen Gelegenheiten: „Bleib cool!"

Und du, Courtney? Du bist einfach aufgestanden und weggegangen. Wolltest du uns nicht stören?

Auf jeden Fall hattest du jetzt freie Fahrt, Bryce. Deine Finger waren schon bald auf und in meinem Körper. Ganz ehrlich, Bryce: ich habe mich vor dir geekelt. Ich fand nie, dass du ein toller Typ bist.

An dem Abend habe ich dich nur benutzt. Das mag sich seltsam anhören, aber so war es nun mal. Nach diesen ganzen Erlebnissen mit euch wollte ich nicht mehr leben. Dein Verhalten, Bryce, war für mich nur der letzte Anstoß. Ihr habt mich alle nur wie eine Person behandelt, die es gar nicht gab. Keiner von euch wollte wissen, was für ein Mensch die wirkliche Hannah ist. Mein Leben war am Ende.

Endstation

Wieder hat sich Clay auf einen Bürgersteig gesetzt. Er denkt über das Wort „Selbstmord“ nach. Auch er hat schon mal daran gedacht, seinem Leben ein Ende zu setzen. Aber dieses Wort auszusprechen oder es sogar zu tun – das ist eine andere Sache. Clay hört Hannah zu, wie ruhig sie darüber redet. Sie hat sich entschieden.

Clay versucht sich zu erinnern. Wann war seine letzte Begegnung mit Hannah gewesen? Nach der Party war sie ihm aus dem Weg gegangen. Clay hat trotzdem immer versucht, sie anzulächeln. Sie hat ihn bloß nicht mehr angesehen. Vielleicht hatte sie Angst, dass sie ihre Meinung dann ändern würde.

Ein letztes Mal waren sie sich zufällig auf dem Flur begegnet. Sie waren zusammengestoßen und Hannah musste hochsehen. Was war da für ein Ausdruck in ihren Augen gewesen?

Sie ging schnell weiter. Er hat ihr hinterhergesehen, bis sie um die Ecke verschwunden war.

Clay weiß jetzt, wo er die Nacht verbringen wird. In dem Park, wo Hannah ihren ersten Kuss bekommen hat.

Er macht sich auf den Weg. Hannahs Stimme ist in seinem Ohr. Sie erzählt diese grässliche Geschichte mit Bryce zu Ende. Clay spürt wieder, wie Wut in ihm hochsteigt. Besonders auf Bryce, aber auch auf Courtney.

Im Park angekommen, klettert Clay auf die Rutsche. Genau wie Hannah damals. Hier will er sich die letzte Kassette anhören.

Er drückt auf „PLAY“.

Kassette 13: Mr. Porter

Ich mache gleich einen letzten Versuch, um meinem Leben eine Chance zu geben. Ich brauche Hilfe, allein schaffe ich es nicht. Wenn ihr aber diese Kassetten hört, dann habe ich wohl versagt.
Oder *er* hat versagt.

Ich habe einen Termin bei Mr. Porter. Er ist unser Englischlehrer und unser Vertrauenslehrer. Man geht zu ihm, wenn man Probleme hat. Und man hofft natürlich, dass er einem hilft. Ich werde dieses Gespräch aufnehmen, allerdings heimlich. Ich möchte wissen, wie Mr. Porter sich verhält.

Mr. Porter: Schön, dass du da bist, Hannah. Möchtest du ein Glas Wasser?
Ich: Nein, danke.
Mr. Porter: Worüber möchtest du denn reden?
Ich: Ach ... über alles Mögliche. Es ist gerade alles so schwierig.
Mr. Porter: Das hört sich ja nach einem langen Gespräch an. Aber wir haben Zeit. Vielleicht sagst du mir erst mal, wie du dich im Moment fühlst.
Ich: Irgendwie einsam und leer.
Mr. Porter: Was meinst du mit *leer*?
Ich: Ich fühle irgendwie gar nichts. Mir ist alles egal. Die Schule, die Mitschüler ...

Mr. Porter: Was ist mit deinen Freunden?
Ich: Was ist denn für Sie ein Freund?
Mr. Porter: Also, ein Freund ist jemand, mit dem man reden kann und dem man vertraut.
Ich: Dann habe ich keine Freunde. Deswegen bin ich ja zu Ihnen gekommen.
Mr. Porter: Ich bin froh, dass du gekommen bist, Hannah.
Ich: Sie wissen gar nicht, wie schwer mir das gefallen ist. Ich musste mich wirklich sehr überwinden, hier herzukommen.
Mr. Porter: Dann ist es doch gut, dass du jetzt hier bist. Fangen wir mal so an: Was brauchst du in deinem Leben und bekommst es nicht?
Ich: Ich brauche gar nichts. Ich will, dass alles aufhört. Die Leute ... das Leben ...
Mr. Porter: Meinst du dein Leben, Hannah? Das sind sehr ernste Worte.
Ich: Ich weiß, Entschuldigung. Ich will nicht, dass mein Leben aufhört. Deshalb bin ich hier.
Mr. Porter: Was ist denn passiert? Ich weiß, du kannst nicht alles aufzählen. Es ist eher wie eine Lawine, die einen überrollt, nicht wahr?
Ich: So viele Dinge türmen sich vor mir auf. Ich kann nicht mehr dagegen ankämpfen.

Mr. Porter gibt mir eine Packung Taschentücher. Er macht einen Witz dabei und ich muss lachen.

Mr. Porter: Am besten erzählst du mir etwas von der Schule. Damit ich verstehen kann, wie sich das alles entwickelt hat.
Ich: Okay. Also, die Schule ist für mich ein Ort, an dem sich viele Leute aufhalten. Und mit diesen Leuten muss ich zwangsweise meine Zeit verbringen.
Mr. Porter: Und das fällt dir schwer? Sind das nur bestimmte Leute oder ist das ein allgemeines Gefühl bei dir?
Ich: Es sind bestimmte Leute, aber auch allgemein. Ich weiß nie, was als Nächstes passieren wird. Das hört sich sicher komisch an.
Mr. Porter: Dann versuch, es mir zu erklären.

Ich: Ich weiß nicht, ob Sie als Lehrer schon Gerüchte über mich gehört haben.
Mr. Porter: Nein, habe ich nicht. Ich finde auch, dass sich besonders Vertrauenslehrer von solchen Gerüchten fernhalten sollten.
Ich: Okay, dann vielleicht etwas anderes. Wissen Sie, manchmal gibt es unter den Schülern so Listen. Da bekommt man Punkte für gutes Aussehen oder so. Ich war mal auf so einer Liste.

Mr. Porter antwortet nicht.
Kann er sich an so eine Liste erinnern oder hat er keine Ahnung, wovon ich spreche?

Ich: Seitdem hat es immer wieder verschiedene Reaktionen darauf gegeben.
Mr. Porter: Wann war denn das letzte Mal?
Ich: Das war neulich, nach einer Party. Es war die schlimmste Nacht in meinem Leben.
Mr. Porter: Was ist denn auf der Party passiert?
Ich: Es war nicht direkt auf der Party, erst danach.
Mr. Porter: Okay, Hannah. Es fällt dir wohl sehr schwer, mir direkt davon zu erzählen. Dann stelle ich dir jetzt Fragen. Du sagst entweder Ja oder Nein. Vielleicht fällt es dir so leichter, darüber zu sprechen.
Ich: In Ordnung.
Mr. Porter: Ging es bei der Party um einen Jungen?
Ich: Ja, aber es war nach der Party.

Mr. Porter atmet laut aus.
Wird er langsam ungeduldig?

Mr. Porter: Hast du mit dem Jungen etwas getan, was du jetzt bereust?
Ich: Ja, habe ich.
Mr. Porter: Hat der Junge etwas Verbotenes getan?
Ich: Meinen Sie eine Vergewaltigung? Nein, ich glaube nicht.
Mr. Porter: Was soll das heißen – du glaubst nicht?
Ich: Na ja, die ganze Situation ist ein bisschen kompliziert.

Mr. Porter: Willst du den Jungen anzeigen?
Ich: Nein, das will ich nicht.
Mr. Porter: Aber in deinem Leben soll sich etwas ändern. Was willst du denn tun?
Ich: Das weiß ich eben nicht. Vielleicht haben Sie ja eine Idee.

Mr. Porter: Also, wenn du den Jungen nicht anzeigen willst, sehe ich nur zwei Möglichkeiten. Entweder du kommst mit ihm zusammen zu mir. Und wir bereden die ganze Sache gemeinsam.
Ich: Und was ist die andere Möglichkeit?
Mr. Porter: Versteh mich nicht falsch, Hannah. Ich glaube dir und ich nehme dein Problem wirklich ernst. Aber die andere Möglichkeit ist, dass du nicht mehr daran denkst. Ist der Junge in deiner Klasse?
Ich: Nein, der ist im letzten Jahrgang.
Mr. Porter: Na siehst du. Dann ist er nächstes Jahr nicht mehr an der Schule.
Ich: Sie meinen also, ich soll mich damit abfinden? Einfach nicht mehr daran denken?

Mr. Porter: Hannah, wo willst du denn hin? Ich denke, es gibt noch einige andere Dinge zu besprechen.
Ich: Vielen Dank, Mr. Porter. Ich habe jetzt die Antwort, die ich wollte.
Mr. Porter: Hannah, du sollst ja nicht aufgeben.

Aber manchmal ist es besser, mit einer Sache abzuschließen.
Ich: Genau das werde ich auch tun, Mr. Porter. Wenn ich an der Sache nichts ändern kann, werde ich eben damit abschließen.
Mr. Porter: Wie meinst du das jetzt, Hannah?
Ich: Ich werde mit meinem Leben abschließen, Mr. Porter.
Mr. Porter: Hannah, warte!

Ich gehe aus dem Zimmer, den Flur hinunter.
Mr. Porter kommt mir nicht hinterher.
Er versucht nicht, mich aufzuhalten.
Ich habe mich doch klar genug ausgedrückt, oder?
Trotzdem passiert nichts.

Es hat einige Menschen um mich herum gegeben, die sich gekümmert haben.
Aber eben nicht genug.
Jetzt weiß ich endgültig Bescheid.

Tut mir leid.

Das Ende – und ein neuer Anfang

Clay sitzt auf der Rutsche und hört Hannahs Stimme zu. Er kann nicht fassen, dass auch ein Erwachsener auf den Kassetten auftaucht. Ausgerechnet Mr. Porter, der Vertrauenslehrer!

Je länger Clay zuhört, desto verzweifelter wird er auch selbst. Warum begreift Mr. Porter nicht, wie schlecht es Hannah geht? Warum hört er ihr nicht richtig zu? Was sollen denn das für Möglichkeiten sein? Ist das alles, was Ihnen einfällt, Mr. Porter?

Clay fühlt sich selbst auch schuldig. Wenn er nicht so feige gewesen wäre, hätte Hannah ihm mehr vertraut. Er hätte ihr zuhören können und wenigstens versuchen können, ihr zu helfen. Aber er hatte seine Chance. Und auch er hat versagt.

Als die Kassette zu Ende ist, laufen ihm die Tränen über das Gesicht. Auf dem Spielplatz ist niemand, der ihn sehen könnte. Selbst wenn, wäre es Clay egal. Er hört das Rauschen von der leeren Kassette. Und ein allerletztes Wort von Hannah: Danke.

Am liebsten würde Clay am nächsten Morgen nicht zur Schule gehen. Alles in ihm wehrt sich dagegen, die Leute von den Kassetten zu sehen. Besonders

Mr. Porter, bei dem er die erste Stunde hat. Natürlich weiß Clay, dass er allen diesen Leuten irgendwann begegnen wird. In einem Kurs, auf dem Flur, irgendwo. Er macht sich also auf den Weg und bringt zuerst das Paket mit den Kassetten zur Post. Die nächste Person ist dran.

In der Schule geht er zu seinem Spind und lehnt seinen Kopf an das kühle Metall. Ganz langsam dreht er die Zahlen von seinem Schloss. Gedanken an Hannah gehen ihm durch den Kopf. Keiner weiß wirklich, wie sie gestorben ist. Man hat auch darüber nur Gerüchte gehört. Es gab auch keine Beerdigung, jedenfalls nicht in dieser Stadt.

Clay hört eine Stimme aus dem offenen Klassenzimmer neben seinem Spind. Mr. Porter – nie wieder wird diese Stimme für ihn freundlich klingen. Ein Schüler kommt heraus und grinst Clay an.
„Bisschen spät, was?“

Clay reagiert nicht auf ihn. Er hat gerade eine andere Schülerin gesehen, die den Flur entlanggeht. Sie hat sich kurz zu ihm umgedreht und ihn angesehen. Clay hat sie gestern Abend im Bus getroffen. Sie haben kurz miteinander gesprochen. Vor ein paar Jahren war er mal in sie verknallt.

Aber sie hat sich in den letzten Jahren verändert. Sie trägt nur noch weite Klamotten, als ob sie sich verstecken wollte. Sie ist meistens für sich allein und spricht nur wenig. Will sie absichtlich eine Außenseiterin sein? Was hat sie so verändert?

Clay sieht sie den Flur hinuntergehen. Auf diesem Flur hat er auch Hannah zum letzten Mal gesehen. Dann war Hannah in der Menge der Schüler verschwunden. Sie hat sich nur auf den Kassetten verabschiedet.

Clay läuft dem Mädchen hinterher. Als er am Klassenzimmer vorbeigeht, sehen ihn einige Mitschüler. Auch Mr. Porter dreht sich gerade zur Tür. Clay spürt in diesem Moment eine Flut von Gefühlen: Schmerz und Wut. Trauer und Mitleid. Aber auch: Hoffnung.

Clay hat das Mädchen fast eingeholt, als er ihren Namen sagt:
„Skye!“

Wörterliste

Seite 9: Play
Beschriftung auf der Abspieltaste auf Abspielgeräten für Kassetten oder CDs. Englisch für: spielen. Hier eher: abspielen.

Seite 18: Walkman
Eine Art kleiner Kassettenrekorder für unterwegs. Man hört die Musik über kleine Ohr-Stöpsel.

Seite 23: Ruf
Die öffentliche Meinung über jemanden. Wer sich nicht benimmt wie gewünscht, hat leicht einen „schlechten Ruf". Hannah bekommt einen schlechten Ruf, weil sie sich angeblich von Jungs anfassen lässt.

Seite 31: Spanner
Umgangssprachlich: jemand, der heimlich andere Menschen in ihren Wohnungen beobachtet. Meistens sind es Männer, die Frauen im Bad oder Schlafzimmer beobachten. Sie hoffen darauf, die Frauen nackt oder wenig bekleidet zu sehen.

Seite 44: Cheerleader
englisch: eine sportliche Mädchengruppe, die mit Rufen und Tanzen eine Sportmannschaft anfeuert

Seite 48: Nische
Hier: eine abgetrennte Sitz-Gelegenheit im Café. Besonders beliebt bei Gästen, die ungestört sein möchten.

Seite 51: Mum
englischer Ausdruck für „Mama“

Seite 55: Kommunikation
Fachwort für „Verständigung“. Damit ist gemeint, wie und mit welchen Hilfsmitteln wir miteinander in Austausch treten. An manchen Schulen gibt es auch ein Schulfach „Kommunikation“. In diesem Fach lernen die Jugendlichen, gut miteinander über bestimmte Themen zu sprechen. Sie schulen dabei ihre Fähigkeiten, sich auszudrücken. Und sie lernen, zuzuhören und Gespräche gut zu führen.

Seite 56: anonym
ohne Angabe des Namens

Seite 57: anbaggern
umgangssprachlich: wenn man Interesse an einer Person hat und das sehr auffällig zeigt

Seite 59: gefährdet
So bezeichnet man eine Person, die sich in Gefahr befindet oder durch eine Gefahr bedroht ist.

Seite 68: Hausarrest
Eine Form der Bestrafung. Man darf in seiner Freizeit nicht tun, was man mag, sondern muss zu Hause bleiben.

Seite 77: hinüber sein
umgangssprachlich: eine Person ist zum Beispiel zu betrunken, um zu merken, was um sie herum geschieht

Seite 94: Whirlpool
So nennt man eine Badewanne, in der das Wasser zum Sprudeln gebracht wird. Dazu schaltet man kleine Düsen an den Seiten ein, die Luft in das Wasser blasen. Es gibt auch Whirlpools für draußen und für mehrere Personen.

Seite 103: mit etwas abschließen
etwas beenden

Seite 105: Spind
ein Schrank aus Metall, in dem Schüler ihre Sachen einschließen können

Hilfe bei Problemen

Hast du Probleme und weißt nicht weiter?
Hast du niemanden, mit dem du darüber reden möchtest? Denkst du vielleicht sogar über Selbstmord nach?

Es gibt Angebote, die dir helfen können.

Bei der **Telefonseelsorge** gibt es rund um die Uhr jemanden, der dir zuhört.
Telefonnummer: 0800 111 0 111 oder 0800 111 0 222
Im Internet gibt es einen Live-Chat:
www.telefonseelsorge.de

Hilfe für Jugendliche und ihre Angehörigen bietet auch die **Nummer gegen Kummer**.
Telefonnummer: 116 111
Live-Chat im Internet:
www.nummergegenkummer.de

Bei diesen Angeboten kannst du alles ansprechen, was dich bedrückt. Du brauchst deinen Namen nicht zu nennen, wenn du das nicht möchtest.